黒猫の剣士
~ブラックなパーティを辞めたら
S級冒険者にスカウトされました。
と言われても
2
妹尾尻尾
Illust.
石田あきら
JM018956

冒険者パーティ

【紅鷹】

パーティの援護魔術師で、優秀な狙撃手。親友にして義妹であるダリアへのツッコミ役。

ダリア

大陸最強の魔術師・S級冒険者。通称【閃紅】のダリア。ナインを一目見て惚れ込み、パーティにスカウトした。

ナオ

ユージンの婚約者。A級魔術師。包容力に溢れるゆるふわ系のお姉さん。

ユージン

最強パーティ【紅鷹】を統べるリーダー。万能の魔術師。ノヴァンノーヴェの王子。

ナイン

【無能】とされていた冒険者の少年。魔術を斬る剣術【七星剣武】の唯一の使い手。家族は黒猫のエヌ。

ナインカウント・ストライク
──『玖秒の王撃』。
黒猫が影のように消え、
少年の身体に
真っ黒なオーラが纏われた。

その首根っこに黒猫がぴたりとくっつく。
少年の頭に顎を乗せる。彼女が使うのは
“竜”ですら知らぬ秘術。
彼女の元の主が編み出した、
ナインとエヌのためだけの魔術。
黒猫が、金色の瞳を輝かせ、
呟くように唱える。

「おはよう、ナインくん」

普段着のダリアが微笑んでいた。
いつものポニーテールではなかった。
髪がほどかれていて、背中まで広がっていた。
赤いロングヘアーは、太陽の光を浴びると、
いつも感じる炎のような勇ましさよりも、
陽だまりみたいな暖かさがあった。

contents

ダッシュエックス文庫

黒猫の剣士2

~ブラックなパーティを辞めたらS級冒険者にスカウトされました。
今さら「戻ってきて」と言われても「もう遅い」です~

妹尾尻尾

☆　星の下で。

……あの戦いから半年が経過した今でも、道端でたまに振り返っては、自分の影を眺めることがある。それから少し彼女のことを思い出して、顔を上げる。

前に進むために。

右手を握ってくれる相棒と一緒に、さらに高みを目指すために。

邪竜を一体滅ぼしたところで、大陸はいまだモンスターや〝竜〟の脅威に晒されている。危険エリアはこの半年間、減っていない。むしろ奴がいなくなったことで安定を欠いたのか、モンスターや〝竜〟の蠢動が活発化する地方もあるくらいだ。

紅鷹は、自分たちは、これからも前へ進む。

星の彼方を目指す。

もしまた、本当に『星の彼方』へ行く羽目になったとしても、怖くはない。

なぜならその場所には、きっと彼女が待ってるから。

この空の向こう、あの雲よりも遠くの、あの星の彼方に。

そうして、こう鳴くのだろう。彼女らしい、高飛車で、傲慢そうで、でもとても高貴な声と仕草で。

「んなぷぐす」

「『無能』な息子などいらん」

本人も覚えていないほどの昔。

赤ん坊の頃。

彼は、父親に捨てられた。

母は父親に抵抗し、母子ともども殺されそうになった。彼女は自ら（みずか）の使い魔と共に息子を逃がした。周囲には『息子は死んだ』と思わせて。

空を落ち、泉に降り、川を流れ――そうして彼は、拾われた。

魔術を斬る剣術を代々継承する、『斬魔（ざんま）の一族』に。

☆

「彼の素姓（すじょう）がわかったよぉ☆」

ノヴァンノーヴェ。

ユージンの屋敷・執務室。

身長二メートルを超えるピエロの化粧をした怪しい男が、純白の法衣に身を包んだ金髪碧眼超絶美形な青年に、トランプのジョーカーを二枚掲げて、にたぁりと笑った。

うち一枚がすっ、と音もなく一枚の紙切れにすり替わる。魔術全盛のこの時代には珍しい、魔力に頼らない純粋な『手品』であった。

ピエロ顔の男――道化師ピエロッタがいつになく真剣な面持ちで、法衣の青年に紙切れを渡す。青年はピエロの主人であり、この屋敷の主でもある。

「ユージン、ボーナスを要求するぜ。俺っち、めちゃくちゃ疲れたぁ～～～」

「考えておこう」

書類にペンを走らせていた青年が、ピエロッタから紙切れを受け取った。報告書である。調査を行っていた道化師が「言質とったぜ☆」と説明を続ける。

「ナインくんは捨て子だった。それもアッシュウィーザ――『斬魔の一族』の生き残りだ」

「百年以上前のSS級冒険者の……？　おとぎ話じゃなかったのか……！」

そうか、とユージンは頷く。

「竜殺しの英雄・斬魔の勇者アッシュウィーザ。『どんな竜でも一太刀で斬り伏せた』という伝説は、剣術――『七星剣武』だったのか……！　その血を継いでいるなら納得だ」

　だが、ピエロッタは首を横に振る。

「それがねぇ。どうも違うらしい。血は繋がっていない。ナインくんはアッシュウィーザの子孫というわけではないみたいだ」

「どういうことだ？」

「拾われたんだって。ばぶばぶ赤ちゃんの頃に。――ナインくんは、捨て子だったんだよ」

「な……。では本当の両親は？」

　ピエロッタは両手をぷらぷらと振って、

「そこまではピエロッタ様でもわかりませーんでしたー☆　ひょっとすると、アッシュウィーザの両親も知らなかったかもしれない」

「……すると、ナインくんは、血筋とは無関係に『七星剣武』を継いだ。そしてあそこまでの腕を身につけた、というわけか」

「だネ。いや、凄いよ本当に。ピエロ脱帽」

「そうだな……」

「で、次」ピエロッタがもう一枚のジョーカーを報告書に変える。「麻薬の製造元。ここがまたヤバーい」

「……タンミワ繋がりの貴族とかマフィアではないのか？」

「全然違った。ピエロッタびっくり。聞いて驚けユージン。なんと製造元は――」

しゃあ、と子供を驚かすような顔をして、ピエロが言う。

「ヴァルムント教だ」

星聖竜ヴァルムント教。

過激な一派で知られる、大陸において着々と信徒を増やしている宗教である。

「あの……邪竜王の？」

「そうそう」

もともとは神龍バハムート教の一分派だったが、『邪竜の王』とされてきたヴァルムントこそ星を守護する聖なる竜であると主張し、離脱。

以降、どんどん信徒を増やし、ここ五〇年の間にみるみる勢力を拡大させてきた。本拠地は、大陸北部にある、危険エリアと非常に近い某国。噂では、星聖竜ヴァルムントの『遺体＝御神体』が封印されているというが、定かではない。

ちなみに、大本の『神龍バハムート教』は大陸でもっとも信徒の多い宗教であり（本拠地は大陸南部）、この大陸で『神』といえばほとんどの場合はこちらを指す。

それほど信心深いというわけではないが、紅鷹もそこの信徒だ。ダリアが使う魔術大剣なんかは、技名に聖名を借りていたりする。

ヴァルムントは、バハムートに滅ぼされた邪竜王——つまり悪者である、という図式が定着して数百年ほど経過している。

しかしヴァルムント教は、その邪竜こそ真なる『神』であったと主張しているわけだ。

二つの宗教は、当然、仲が悪い。

いざこざもたくさんある。

小競り合いというか、戦争に近い紛争が起こったこともある。

現在はそれなりに仲良く——お互いに無視を決め込んでいるため目立った争いはないが、いつ爆発・衝突してもおかしくはない。

数で勝るバハムート教だが、しかしヴァルムント教も負けてはいない。

ヴァルムント教の擁する星聖竜騎士団が、はちゃめちゃに強いのであった。

かの騎士団長は、大陸最強と名高い魔術師ダリアに匹敵する実力を秘めている——と言われている。実際、騎士団だけで〝竜〟を滅ぼしたことがあるくらいだ。「他の邪竜を滅することで、ヴァルムントが邪竜ではないことを証明している」らしい。

その理屈はどうなんだ、とユージンは思っているが。

「で、その邪竜教が麻薬を作っていると」

「そゆことー。で、こっからがまた問題なんだけどー」

「まだあるのか」

「成分に『竜の粉』がたーくさん使われててー。まーそれでヴァルムント教が関わってるって推測できたんだけどー。それ以上はギルドの薬草系の魔術師でもよくわかんないんだってー」

それだけで『物の見え方』を変えてしまう幻惑の魔粉だ。麻薬にはうってつけと言える。そしてそんなものが混合されていると、他の成分がよく見えない。分析が進まないというわけだ。

「……つまり？」

「ナインくんに視てほしい。つーか、幻惑魔術斬ってほしい」

「彼は？」

「休暇中でダリアちゃんとデート中。ちゅっちゅ♡」

ユージンは天を仰いだ。

「……呼び出すのは酷だな」

「んー、ま、仕方ないんじゃね？　これ割と急を要する案件っしょ」

はぁ、とユージンはため息をつき、そして通信魔術をかけた。

最大限に気を遣い、緊急用ではなく、通常用で。

☆

アルメニカ大陸の地図を広げる。真ん中に、バナナみたいに丸っこくて細長い、面積約六万キロ平方メートルの巨大な水たまりがある。その湖畔の西側に広がっている格子状の城塞都市がノヴァンノーヴェである。大陸冒険者ギルド本部が置かれているこの国には、冒険者の住居が集まった『ギルド区画』と呼ばれる地域（エリア）があり、最北端の高台に鎮座するでっけぇ屋敷がユージンの住む家だ。

そこからきっかり一キロメートル東に指（ピン）を動かす。

ややくたびれた小さな一軒家がある。

魔術式時計の針を四つほど戻す。

リビングを覗（のぞ）く。

「自分だけの部屋……！　自分だけの家具……！　自分だけのベッドぉぉぉ！」

黒髪の少年が、それはそれは嬉しそうに、ばふっとベッドに飛び込んだ。まだ伸び切っていない手足をばたばたとさせている。

身長は低めで体格も細身。だが、ベッドではしゃぐその背中は決してひ弱そうには見えない。事実、全身は絞られた筋肉の鎧（よろい）で固く守られ、両手のひらは何度もマメが潰（つぶ）れて固く分厚くなり、寝返りを打つ動きも無駄に軽やかかつ滑（なめ）らかだ。柔軟性のある肉体は、どこか獣を思わせる。

獣。黒い獣。

クロヒョウ――というにはまだ歳月（じかん）が足りない。どちらかというと、そう。

猫。黒い猫。

固く分厚い両手のひらと、染（し）みついた脱力の癖（くせ）は、一流の剣士の証（あかし）。すなわち。

黒い猫のような剣士。

「なおーう」

少年が枕に預けた頭の上に、本物の黒猫がひらりと飛び乗った。かと思えば、ふかふかのお尻でぐいぐいと少年を押し出そうとする。

「ちょ、ちょっとエヌ、これ僕のベッドなんだけど」

「なおなうにゃおーう」

「『私はここで我慢してやるからあなたは床で眠りなさい』って正気？」

「んぷくすす」

エヌと呼んだ猫と会話をする少年。彼には彼女の言葉がわかる。

物心ついた頃からそうだった。

黒猫は少年を弟だと思っているが、少年は黒猫を妹だと思っている。

ところで、いま黒猫が鳴いたのは『どうせすぐ帰ってこなくなるでしょ？』という意味だ。

「え、なんで？」

少年が首を傾げたそのとき、

「ナインくーん！」

玄関から女の声が届く。呼び鈴も通信魔術も使わないのは、ナインの少ない魔力を無駄に使わせないため。つまり彼をよく知る人物である。赤毛の女である。

「あ、ダリアさん！　しまった！」

「……にゃうにゃう」

……こういうことよ。

ナインはノヴァンノーヴェに家を借りた。支払いは地竜ムゥヘルの討伐と麻薬事件で得た報酬でおつりが出た。ダリアやリンダ、ユージンとはご近所さんである。

ベーベルから戻ってきてまだ数日だが、家具はほとんど揃っていたのであった。一緒に休暇を貰ったダリアやリンダに家具選びをいろいろと手伝ってもらった。そしてついさっき、待ちに待ったベッドがようやく届いたので、寝室ではなくリビングに置いて、マットレスと布団を敷いて寝そべっていたらいつの間にか、

「もうこんな時間だ！」

姿見で自分のなりを確認する。刀オーケー、籠手オーケー、服に汚れなし、寝癖もついていない。マントについていた埃は、エヌがぺしっとはたいてくれた。

「ダリアさんお待たせしました！」

玄関のドアを開ける。

そこにいたのは、私服でもなければ着飾ってもいない、特におめかしした様子もなければ恥ずかしそうに緊張しているふうでもない、
完全武装の、閃紅のダリアだった。

「うむ。では行こう！」

「はい！　よろしくお願いします！」

ピエロッタは嘘をついた。

デートじゃなくて、訓練である。

☆

ギルド本部の敷地内に、簡易訓練場がある。屋外のグラウンドだ。

城下町の中にあるため大規模魔術はぶっ放せないが、斬撃魔術とか打撃魔術といった、威力を抑えた魔術の練習なんかにはもってこいである。飛行および浮遊魔術の練習場もある。

でかい威力の魔術は、郊外にある訓練場（っていうかただの荒れ地）で訓練を行う。ダリアはほとんどそっちにしか行かない。行かせてもらえない。

ただし今日は別だ。

実は魔力がちょっとだけあった――それでも魔術師はおろか一般人の平均以下だけど――ナインのために、ダリアが魔術のいろはを教える予定になっているからだ。

その代わりに、ナインもダリアに剣術の初歩を教える。そういう約束なのだった。

ダリアが腕を組んでナインに指導、

「まず丹田に力を込める。おへその辺りだ。熱くなってきただろう？」

「こ、こうですか……？　うう～！　熱くなってきたような、そうでもないような……」

「……いや全然魔力が集まってないな。もっと力込めて！」

「は、はい～！」

「にゃにゃにゃおう」

そんなんで魔力を集められるのはあんただけよ、とエヌがぼやいた。

三〇分経っても何にも変わらなかった。

次。

「うーん。詠唱を使った簡単な魔術から始めた方がいいかな？」

ダリアが「どうして人は素で空を飛べないんだろう」というような顔で首を傾げた。

「よ、よろしくお願いします……」

なんか五キログラムの木刀を一〇〇回振るより疲れた、とナインは思う。

二人は射撃場へ歩いた。一五メートルくらい向こうに的がある。練習者が横に並んで、火や氷や風とかの魔術を撃っている。もちろん、弱めのやつだ。ダリアがやったら手加減に失敗して街を吹っ飛ばしかねない。

私も撃ちたいなぁ！　という気持ちを抑えつつ、ダリアがナインに、

「私も撃ちたいなぁ！」

「えっ!?」

「ごめん、間違った。えーと、空いてるのは……」

と、奥にあるレーンに入る。

隣では五歳くらいの女の子が練習していた。お父さんに教わっているようだ。微笑ましい。

自分もあのくらいの頃、父さんから剣術を習っていたなぁと思い出す。

「じゃあ、ナインくん」

ダリアが『ぶっ放したい』とうずうずしながら、ナインに促（うなが）した。

「さっき借りてきた初心者用の杖を出して」

訓練場では、組合員はただで武具を借りられる。クエストで初心者用に支給されるやつだ。

ナインが今回借りたのは、樫（かし）の杖だった。

「はい！　初めての戦闘魔術……！　緊張します……！」

道具を用いた魔術——ランタンとかは日常的に使っているが、戦闘用の魔術は初めてだ。

「小火灯（ファイアーライト）の詠唱は覚えてる?」

いっちゃん簡単なやつである。

「はい！」

「あの的に向かって撃ってみて」

「わかりました！」

ギルドで貰った初心者用の魔導書を思い出し、ナインは唱える。

「燃えよ、我が魔力。集(つど)い、高まり、炎となれ。――小火灯(ファイアーライト)！」

ぼっ、とマッチの先みたいな火の玉が杖から飛び出して、ひょろひょろと飛んでいき、三メートルも進まずに消えた。

「や、やった！　できました！　ダリアさん、僕、魔術できました！」

「あ、ああ！　やったな、ナインくん！　すごいぞ！」

喜ぶナインと困惑(こんわく)しながらも称賛するダリア。

その隣で、

「――小火灯(ふぁいあーらいと)！」

五歳の女の子が可愛らしい声で呪文を唱え、こぶし大の火の玉が勢いよく飛んでいき、的の真ん中に当たって弾(はじ)けた。

五歳児に負けた……。と呆然とするナインをダリアが必死にフォロー、

「い、いや、気にすることはないぞナインくん！　私があのくらいの年齢の頃は、炎竜閃煌線(ドラグーン・レイ)とか使えてたし！」

ムゥヘル戦でユージンが使った、『これを使えたらS級レベル』と称される最高位の閃光系攻撃魔術である。怪鳥の群れを貫(つらぬ)いて焼き払って面白いほど簡単に撃ち落としていったアレである。

「ななおう」

フォローになってないわよそれ。と横にあるテーブルの上でつまらなそうに丸まっているエヌが顔も上げずに鳴いた。

ナインの背中も丸まる。

「そ、そうですか……」

ダリアが必死になって、

「それにほら！　彼女は魔術学園の生徒だし！　将来有望なんだ！　比べて落ち込むことはない！」

「……魔術学園。僕も入っていたら……」

「いや、入ってなくて良かったと思う。多分、半年も経たずに落第し…………あっ、違う、そうではなくて！　きみにはもっと違う道が！」

「うう……ありがとうございます……」

「――小火灯(ふぁいあーらいと)ぉ!!」

五歳児の火球魔術が、元気よく飛んでいった。

☆

でも別に気にすることないよな、とナインは思った。やせ我慢した。涙目で顔を上げた。

Ｆ級だったらマッチの火すら出なかったのだ。

昨日できなかったことが、今日はできたのだ。

比べるべきは、隣の誰かではなく、昨日の自分なのだ。

と、父によく聞かされたもんである。

だからだろう。しどろもどろになって自分を慰めようとするダリアに、ナインは明るく笑うことができた。

「ありがとうございます。ダリアさんのおかげで、ちょっとだけでも進歩できました」

「え、そう？　そっか……。うん。そうだな！」

前向きなところが良いなぁ、とダリアは思った。

「今日は、できるだけ遠くに飛ばせるよう、頑張ります！」

「その意気だ！」

とはいえ、それから五分も経たずにナインの魔力が切れた。

「はぁ……はぁ……。素振り一〇〇回より疲れる……」

ダリアは「なぜ太陽が東から昇るのかわからない」といった顔で、首を傾げる。

「ナインくんって、ランタンは何時間くらいもつの？」

魔石角灯は、人間の魔力によって火を灯す。蠟燭のロウの代わりに魔力を使っているのだ。

当然、魔力量が多ければ多いほど、持続時間は伸びる。

力持ちは重い荷物を持たされ、魔力持ちはランタンを持たされる。それがこの世界の常識だ。

膝に手をついて息を整えながら、ナインが答えた。

「えっと……一時間くらいでしょうか……」

「なるほど！」

ダリアは平然としている。ちなみに彼女は一年間くらいは余裕で灯せると思われる。もちろん途中で睡眠を取れば魔力も回復するので、そんなことは試したこともないが。

標準的なE級冒険者でも、半日はもつと聞いている。

ダリアは思った。ナインには、支援・索敵系の魔術の方が良さそうだ。

こうも思った。するとリンダに頼むのが一番だが、なんかこう……自分が教えたいなぁ！

まぁ、とりあえず、ナインの魔力がもうないのだ。魔術訓練はここまでだろう。

「上がろうか、ナインくん」

「は、はい！　ありがとうございました！」

武術系魔術師らしく、ナインはびしっとダリアに九〇度の礼をした。礼に始まり礼に終わる、というやつだ。ダリアも学生時代によくやった。ナインのはちょっと角度が深すぎる気もするが、そんなところも彼らしさが出てて好ましい。

――好ましい？

はて、それはつまりどういうことだろう、と自分の胸に尋ねようとしたら、ナインが顔を上げた。

「大したものじゃないけど、ちょっとでも魔術が使えるようになって、嬉しいです」

はにかんだ。

ダリアの胸がきゅんとした。

「？　あの、ダリアさん？」

「い、いや、なんでもないんだ。それで、もし疲れていなければだが」

「はい！　今度は僕が、ダリアさんに、ですね！　こう言うと、おこがましいんですが……剣術をお教えいたします！」

☆

「えっと、大剣は違うかもなんですが、刀の握り方はこうです」

「こ、こう……？」

「はい、こう」

「なるほど」

木刀を握るダリアの手をナインが触って修正を加えていく。

「ていうか、ナインくん。この間も思ったけど、（手のひらが）すっごく固いよね」

「そうですか？　あ、ダリアさんは（手のひらが）柔らかいですね。すべすべです」

「（手のひらが）固い……」

「（手のひらが）柔らかい……」

お互いの（手のひら）をにぎにぎし合う二人。

通常回線の通信魔術（コール）が来ていることにもぜんぜん気づいていなかった。

で、仕方なく様子を見に来たピエロッタが、

「やっぱデートじゃんこれ」

と真顔で言った。

第二話　藪をつついて〝竜〟を出す

ノヴァンノーヴェ。

ギルド本部。

魔術研究所。

第一研究室。

「この子が『竜の粉』の幻惑を破る？　本当かね？　『無能』なのだろう？」

神経質そうな、細身の男性研究員がナインを疑わしい目で見る。彼は第一研究室のベン室長だ。年齢六十五歳。ギルド本部魔術研究所の由緒ある『第一研究室』の室長を長年任されている、ギルドの重鎮である。

その隣では、

「技術と魔力量は関係ないでしょ。できるって言うなら私は期待しますよ！」

背の低い女性の研究員がナインを、言葉の通り期待の込もった目で見ている。彼女は第二研究室のオビィ室長。三十三歳。研究員にしては若く、また女性でありながら、第二研究室の室長まで上り詰めた人材だ。

第一室長が、

「魔力量と技術力は比例関係にあるだろうが。そんなことを言っているから第二はいつまで経ってもおかしな研究成果ばかりしか出さんのだ」

第二室長も、

「そのデータもう二十年以上前のものよね。この時代にまだそんな古臭いこと言ってるから第一は新しい研究成果が全然出ないのよ」

バチバチにやり合っていた。

お互い、白衣のポケットに手を突っ込んだまま、口の端をひくひくさせて顔と顔を突き合わせている。

もうおわかりだろうが、ギルド研究所の第一と第二は表面上たいへん仲が悪い。

ピエロッタの持ってきた麻薬は、はじめは第一にて成分分析が行われた。途中までは上手くいったものの、例の『竜の粉』の害が表れ始めてから途端に数値がおかしくなりだした。一握りの粉に重さが一五〇キログラムあったり、爪の先ほどの粉粒に水分が二リットル含まれていると表示されたりする。鑑定道具に幻惑がかかったのだ。

そこへ第二が「なんか面白そうなことやってますね？」とよせばいいのに首を突っ込んできた。ピエロッタもよせばいいのに第二にも麻薬を渡した。似たようなことが起きた。

両室長が匙を投げ――ようとしないので、ピエロッタはケラケラ笑いながらユージンに報告をして、そしてダリアとデート中――じゃなくて訓練中だったナインが呼び出されたわけだ。

場所は第一研究室で、第一と第二の研究室長、ユージン、ピエロッタ、ナインとダリアがいる。

ユージンが睨み合ってる二人に、

「ナインくんは『無能』ではありません。Ｅ級相当の魔力を有しています」

第一室長が、

「ＥもＦも大して変わらんだろう」

実際、ＥもＦも大して変わらないと思っているユージンはこれには反応せず、

「少なくとも『無能』ではありません。どうぞご安心を。それと、彼の技術はここだけの秘密にしてください」

ナインが『無能』呼ばわりされてダリアの頬がぴくぴく動いている。目に見えるほどの魔力が陽炎のように揺らめきだす。「調教係も連れてくるべきだったなァ」と隣にいるピエロッタがぼんやり後悔しつつちょっと離れた。暑くて。

「えっと……この魔術を斬ればいいんですよね？」

ナインが机に乗っている粉を指さすと、

「魔術を」

「切る？」

たぶん「斬る」じゃなくて「切る」だと思ってるだろうな、とユージンは思いつつ、ナインに頷（うなず）いた。

「やってくれ」

刀を抜いたナインが、息を吐いた。

粉はわずかも飛び散らず、しかしその数値を示していた魔術測定器に動きがあった。

両室長が数値を見て、

「――正常値になってる!?　なんで!?」

「なんだと!?　むぅ、そんなことが……！　いったいなぜだ……？」

ナインが刀を納めて、にっこりと、

「剣術です」

「「は？？」」

ユージンが「わかります」と頷いた。

「では、これで研究が進みますね？　『竜の粉』の成分、その原産の種が」

「そうね、これで確定したわ。種族は飛竜。種別は雷竜。個体名称はトールドラゴン・『ヴァルムント』」

「間違いなく、星聖竜（せいせいりゅう）の遺体から削り取ったものだろう」

　ユージンが難しい顔で頷く。

「やはり、ヴァルムント教か。ピエロッタの調べ通りだな」

「さっすがナインくーん！　お兄さんは信じてたぞー☆」

　ピエロッタが突然ナインを持ち上げた。高いたかーいする。脊髄反射で危うく道化師の腕を斬りそうになったナインがひやひやしながら「うわあ」と叫ぶ。

「あっ、こらピエロッタ！　ずるいぞ、私にもやらせろ！」

「いやあの……下ろしてください……」

　身長二メートルのピエロにくるくる回され、その周りをダリアが追いかける様を、ナインは研究室の高い屋根の下で眺めながら言った。

「はっ……てことは、だ」

　第二室長の頭の上にきゅぴーん☆　と星が光った。

「この子なら、他の魔術の偽装や封印も解けるってこと……？」

　ユージンがにやりと笑って、

「高くつきますよ？　彼の技術は唯一無二だ」

「追加予算、毟り取ってくるわ！　ねぇきみ！　こっちの偽装も解いて！　あとこっちの封印も！」

「良かったなナインくん。これで一生安泰だ」

「え？　え？　あのいい加減に下ろしてもらえませんか？　え？」

「さすが俺っちのナインくーん☆」

「私にもやらせろピエロ!!」

数分前にナインを『無能』呼ばわりした第一室長（ベン）が「ぐぬぬ……」と呻（うめ）いている。

それを第二室長（オビィ）は見逃さない。手のひらを口に当てて、

「あらぁ、第一室長様ぁ？　どうしたんですかぁ？　急に無口になってぇ？」

「く……彼の技術は認める……。素晴らしい……。もし本当に他の偽装も解けるのなら、止まっていた数百という研究が動きだす……」

　ふーん、とオビィは納得して、

「じゃあ、謝ったら？」

「ぐぐぐ……す、すまなかった少年。私が間違っていたようだ……」

　とベン室長は頭を下げた。

　うん、とオビィが頷いて、

「ナインくん、第一の爺（じい）様もこう言ってるから、許してあげて」

「く、偉そうに……」

「い、いえ、いいんですそんな！　許すも何も……！　ていうか、ピエロさん？　本当にそろそろ……」

高い高いされたまま、ナインは手を横に振る。

オビィは両手を腰に当てて、ふんす、と鼻から息を吐く。

「ナインくんのおかげで、バハムート様が遺したと言われる『奇跡』の研究が進むわ！　ありがとう！」

ベンが驚いて、

「職業の研究か……？　なぜそんな古いものを……」

「温故知新。当たり前でしょ。新しい成果を出すには古いものを知る必要がある。耄碌したのかしら？　どうしてもと言うなら研究データを共有してあげなくもないわよ、お父様？」

「くっ……我が娘ながらなんと小憎らしい……！　小憎らしいが、正論だ……。協力を依頼する……！」

ピエロッタがナインを肩に乗せて、

「笑っちまうだろ？　親子なんだぜ、この二人」

「へぇー……！」

ベン室長が常々「第一に来て助手になれ」と言っているのを、しかし娘のオビィ室長は「親の七光りだと思われたくないから嫌」と断っているのである。第二室長になるまで第一室長の娘だとギルドにすら秘密にしてたくらいの徹底ぶりだった。父すら知らなかったのに、ある日突然「明日から隣だからよろしく」と数年ぶりに顔を見せたのであった。

いや連絡したけど研究に夢中で通信魔術も手紙も開かなかったんでしょうが、とは娘の言。なんか若い才女が研究成果を次々上げてきたので対抗意識を燃やして研究に没頭してたら相手は実の娘だった、とは父の言。

似たもの親子なのだ、と言うと二人は怒るので、みんな黙っている。似てんじゃん。

「三十年くらい前にバハムート様が人間に転生したって噂があったでしょ。あのデータちょうだい」

「与太話だぞ？　記録はあるが」

「そこを疑ってかかるのが第二の仕事。検めるのは第一の仕事。じゃ、予算確保よろしく」

「仕方あるまい……。この研究が進めば冒険者はより簡単に戦力を上げられる……。危険エリアも減るだろうしな……」

ピエロッタに肩車されたナインが、

「仲が良いんですね……」

「良くないけど？」

「生意気な娘だ」

片やキレ気味に、片や呆れながらそう返された。

ナインを肩に乗せているピエロッタが、

——ん〜〜親子ねぇ〜〜☆

と、ひっそり少年の家族に思いを馳せていた。

――きみの本当の両親は、いったい誰なんだろうねぇ。

「ピエロッタ」

「はぁい、ダリアちゃん、あげるね☆」

ピエロがナインをダリアの肩に乗せる。

「いやいやいやいやいや！」

「うわナインくん軽っ……！　私より軽くないか……？　あーっはっはっは！」

ダリアがナインを肩車してその辺を走りだした。リンダがいないと止める奴がいない。

この数十年後、あるいは数百年後に、冒険者ギルドに職業（ジョブ）という『誰でも強くなれるシステム』が生まれるのだが、それはまた別の話だ。

今はただ、ユージンが、

「藪（やぶ）をつついて〝竜〟を出すか……」

と『邪竜王』を神と崇（あが）めるヴァルムント教へどう抗議するかを考えていた。

ダリアの肩の上のナインの肩の上の黒猫のエヌが、なおーう、と鳴いた。

「いや、誠にすまなかった」

仮面を着けた武人が、ソファに座ったまま、わずかに頭を下げた。

ナインが『竜の粉』を斬って偽装を解いた、数日後。

ノヴァンノーヴェのギルド本部にて。

ユージンの抗議を受けたヴァルムント教は、意外にもすんなりと聞き入れた。麻薬の製造を中止すると説明し、ギルド本部にも謝罪のために使いの者を差し向けた。

それが、いまソファで座っている彼――ファヴィオ・ニールである。

星聖竜騎士団の団長だ。例の、ダリアに匹敵する実力を持つと言われている男である。

ヴァルムント教教皇はギルドに、最も信頼を置いているであろう騎士団長を寄越したのであった。これは教団の謝罪が形式的なものではなく、重大な過失があったと認めていることを意味する。

本気で悪かったと思っている、ということだ。少なくとも、対外的には。

「本気で悪かったと、我らは思っている」

　仮面の武人がそう言った。背後には、彼の部下である騎士が三名、直立不動で待機している。騎士たちは全員、青と金色の鎧に身を包み、揃いのバイザーを顔に着けていた。バイザーは、リンダの眼鏡と似たような魔術武装だ。

　彼らの長である武人の男、騎士団長ニールは、顔の上半分を仮面で覆っている。口元には酷い傷跡があり、それが顔全体に及んでいるものと見ただけで推察ができる。傷を隠すための仮面であり、かつ情報を整理するバイザーを備えた魔術武装でもあるらしかった。

　騎士たちと同じものというよりは、騎士たちが団長に倣ったといった方が正しいだろう。

　場所は、ギルド本部の貴賓室である。冒険者ではなく、また教団を代表する立場のニール団長は、いわば国家の大使と同じ扱いをしなくてはならない。

　ギルド側でこの会合に参加しているのは、ユージン、ギルド本部長、本部長の秘書。そして、ソファに座って会談する彼ら三名の護衛として、ダリアとナインが背後に立っている。さらに扉付近と、部屋の外にもギルド護衛兵が数名控えている。

　ニール団長が謝罪の続きを口にする。

「我が教えでは、アレは、神聖な儀式の際に使われる香草なのだ。それが他国では麻薬として転用されていたとは思いもよらなかった」

　団長の口ぶりは淡々としていた。

だがこれは、彼の性格によるものだろう、とユージンは考えた。もちろん教団の方で用意された台本はあっただろう。しかしこの男は元来、感情が表に出にくい性質なのではないか。

「急激な生産量の増加も、信徒が増えたためと担当の者は考えていたらしい。ひとを疑わない連中ゆえ、まさか悪用されていようとは考えもしなかったのだ」

後ろの騎士たちは微動だにしないが、バイザー越しにも表情は読める。団長の言葉と同じ心境であると、ユージンには見えた。

「……まったく、申し開きのしようもない。即刻、生産を中止させた。教祖様も、大変心を痛めておいでだ。ヴァルムント教を代表して、謝罪する」

ギルド本部長は、うむ、と頷いた。

彼は、老齢に差し掛かりながらもまるで衰えを見せない、マッスルな男であった。二メートルを超える大柄な肉体は筋肉に包まれ、真っ白なシャツがぱんぱんに弾けそうである。

「貴教団の謝意は伝わった。儀式に使うためだった、という話も信じよう。それで、購入者のリストはいただけるのかな？」

「無論、用意した。貴殿らにも多大な迷惑をかけた。まったく、ひとというものは思いもよらぬ悪事を働くものだ」

騎士の一人がリストを机に置く。

秘書が受け取って、目を通した。ユージンの位置からでも、『タンミワ』のほか、他国の有力貴族の名前が並んでいるのが見えた。

本当に知らなかったのか、それとも。

――貴族らを切り捨てたのか。

武人の仮面からは読み取れない。もし彼が、

「ああっ!?　ヤールンまで絡んでたのかあの馬鹿！」

隣で突然大声を出したギルド本部長によって、ユージンの思考は途切れた。見ると、秘書の持ってるリストに首を突っ込むようにして覗いていた本部長が、「やっべ」という顔で口を押さえている。

ユージンが微笑む。仕方ねぇなこの人は、と思いつつ。

「本部長」

「すまん」

大陸南部の某国に置いてあるギルドの支部長が確か、ヤールンという名だった。本部長とは旧知の間柄であったらしいが。

ニール団長が、

「……お知り合いの名もあったか」

「ああ。まったくお恥ずかしい。最近顔を見せなくなったと思ったらこれだ」

ふんす、と鼻息を荒くする本部長。

「貴教団の香草が事の発端とはいえ、それに手を出した者が我らの中にもいることは無視できん。まして、貴殿らの本部が置かれる国では合法であるのなら、一様には責められんな」

「そう仰っていただけると助かる。とはいえ、我らも不用意に災いのタネを蒔いたことは事実。そちらのリストは本来、秘されるべきものであろうが、それの譲渡を以て謝罪とさせていただきたい」

お互い悪いところはあったから謝って終わりにしましょうね、ということだった。

かの『邪竜王』を崇めるヴァルムント教団。意外にも話が通じる相手なのか？　それとも全て計算のうちか？　そうユージンが思ったそのとき、

「会合中、失礼します！」

部屋の扉が開かれ、ギルド職員が入ってきた。秘書に耳打ちをする。本部長もそこに顔を割り込ませて「ふむふむ」と頷く。いや秘書を通す意味ないじゃん、とユージンは胸中でツッコミを入れた。

「……すでに被害が出ているのだな？」

「はい。多大な」

本部長の顔つきが厳しいものになっていた。

「ユージン、すぐ出れるか？」

その目は、お前たちじゃなければ対処できない、と言っている。

つまり――邪竜討伐依頼(ドラゴン・クエスト)だ。

危険エリアから出てきたものか、あるいはそうでないかは定かではない。確かなことは、この大陸のいずこかに〝竜〟が出現し、そしてすでに人々を襲い始めているということだった。

ユージンは、ダリアとナインをちらりとも見ず、

「俺と前衛(アタッカー)の二人は可能です。援護術師は連絡を取ってみませんとわかりませんが、おそらく難しいかと。なにせこの時期は、転移魔術陣網(テレポート・ネットワーク)の届かない場所にいることが多いですから」

リンダである。休暇中は大陸西部のさらに西――リゾート地として名高いマッカス群島の賭場(カジノ)で豪遊していることが多い。こないだも「一億勝った。二億負けたけど」と楽しそうに話していた。

問題は、リンダが実質一億負けていることではなく、マッカスには転移魔術陣網(テレポート・ネットワーク)がないことだった。直近までテレポートして、そこから猛スピードで移動しても、

「呼び戻すのに半日はかかります」

「それでは遅い。仕方ない、お前たちは三人で出てくれ。援護にA級パーティをいくつか付ける」

仮に相手が『ムゥヘル』クラスの〝竜〟だった場合、A級パーティが何組いても焼け石に水だろうな。

と、ユージンはおろかダリアもナインも思った。

「失礼だが、」

ニール団長もそう思ったのかは知れない。

「私で良ければ、貴殿らの力になりたい」

大陸最強の魔術師ダリア。彼女に匹敵すると噂される星聖竜騎士団団長が、そう進言した。

「――ほう？」

そのダリアは、口の端を片方だけ吊り上げた。

実に、楽しそうに。

☆

数刻前。

大陸中央北部に位置するアードランテ王国の領内に、複数の巨大な竜巻が発生した。

竜巻はまるで意思を持っているかのように、村や街を破壊し、家や人々を風で巻き上げた。

そして奇妙なことに、人間だけは吸い込まれたまま、落ちてこなかった。

まるで喰われたかのように。

竜巻は勢いを増しながら、城下町へ近づいてくる。

Ａ級相当の宮廷魔術師が望遠魔術を使って、ようやくそれを発見した。

〝竜〟である。

最も巨大な竜巻の中心に、蛇のような細長い胴体を持った、〝竜〟と思（おぼ）しき生物を確認した。

アードランテ王国は魔術師たちに応戦を命令、そしてギルドへ緊急依頼――邪竜討伐依頼（ドラゴン・クエスト）を出した。

☆

「魔の粒子よ、我が敵を塵芥（じんかい）と化し、薙（な）ぎ払え――粒閃煌線（フォトン・レイ）！」

「燃えよ精霊サラマンドラよ。集（つど）え高まれ我がもとに――火炎球（ファイアーボール）！」

城下町の防壁。街を八角形に囲むその上で、竜巻を目前にして、宮廷魔術師たちが総出で攻撃を放った。いくつもの熱線や火球はしかし、そのどれもが〝竜〟の纏（まと）う竜巻――『風の盾（たて）』に防がれ、霧散（むさん）していく。

「くそ、だめだ、撤退、撤退――！」

「うわああああっ！」

やがて竜巻は城壁に達し、粉々に砕きながら、城下町に侵入した。

それと同時に、

「あそこに――〝竜〟が視（み）えます」

城のてっぺんから竜巻を見たナインが、そう告げた。

アードランテ城の『転移の間』に、依頼を受けたB～A級魔術師たちと、紅鷹の三名、星聖竜騎士団長ニールが、転移魔術陣によるテレポートで到着したのだった。

B級およびA級魔術師たちは、アードランテ宮廷魔術師たちと共に、住民の避難誘導のため城下町へ。王族や大臣はとっくに逃げている。

そして紅鷹とニールは〝竜〟の撃退のため、城の一番高い場所――物見塔に集まっていた。

竜巻を指さして報告するナインに、ユージンが尋ねる。

「きみには、どれに〝竜〟が潜んでいるのかわかるのか？」

「はい。『竜の粉』を斬ったから、だと思います。あの、二番目に大きな竜巻の中に、竜の気配があります」

城下町にはすでに三つの竜巻が侵入し、破壊を行っている。城壁の向こうにはさらに二つ存在し、ナインの示す『二番目に大きな竜巻』は、城壁の外にあった。

「ではあの竜巻は、敵の魔術だな？」

確信を込めてユージンが問いかける。きみなら斬れるな？　と訊いているのだ。

「はい」

ユージンは頷いて、隣の鉄仮面に尋ねる。

「ニール騎士団長。あなたの指揮権は私が預かってもよろしいんでしたね？」

「然り。この一戦に限り、私は貴殿の剣となろう」

　仮面の武人の手には、会談の際は預けていた『片手槌』が握られている。彼の武器だ。ニール団長の特性・戦法については、ユージンはすでに聞いている。

　一秒だけ考えて、全員に指示を出した。

「では――騎士団長、まずはあなたの力を見せていただきたい。二番目に大きなあの竜巻へ全力攻撃を仕掛けてくれ。なるべく街への被害が及ばないように」

　それで〝竜〟を守る『風の盾』を破れれば良し。できなくても時間稼ぎにはなるだろう。

　ニールは頷く。

「承知した」

「ダリアくんは様子見だ。場合によっては、団長に続いて攻撃を仕掛けてくれ。くれぐれも広範囲爆撃はするなよ」

　ふふ、とダリアが笑う。

「わかっているさ」

「ナインくんは城下町に侵入している竜巻の排除を。その後はダリアくんとニール団長に合流し、〝竜〟へのとどめを」

「わかりましたっ！」「なおう」

「俺はみんなに強化魔術をかけつつ、敵への弱体化も試みる。では各員――戦闘開始だ」

物見塔から四人が一斉に飛び出し、

――きゅわあああああああああああおおおおおおおおっ！

城下町を蹂躙する竜巻――それらを支配する〝竜〟が、冒険者たちを迎え撃つかのように、風のような高い声で鳴いた。

☆

稲妻が奔る。

物見塔から飛び出したニールは、右手に握る片手槌――『雷槌ミョルニル』の魔術を解放した。槌から光が迸り、青と金色の鎧を身に着けたニールの身体を包み込む。雷光を纏ったニールは稲妻となって、光の速度で瞬く間に移動、

――があん！

音が後から響いた頃には、ニールはすでに、〝竜〟の真上に陣取っていた。確かに、あの少年の言う通りだ。竜巻の中に、トカゲではなくヘビ型の『ドラゴン』が見える。

男に迷いはなかった。

何もかも理解している。

その上で、ニールはユージンの作戦に乗った。

前衛にはシビアな連携が要求される。それはS級魔術師においても同じことだ。大陸最強と謳われる『閃紅のダリア』と自分が、ぶっつけ本番で連携を取るなど無茶な話である。

やってできないことはないだろう。

だが、高いリスクを払う割に、リターンは少ない。

――というのが建前であると、理解している。

ユージンの本音が、騎士団長ニールを単独で突出させ、全力攻撃を行わせることにより、標的の撃破や反応と、味方の魔力を温存させるという、一挙両得の作戦であることも、理解している。

自分が竜を殺せればそれで良し。

殺せなくても反応が見られればそれで良し。

万が一、自分が紅鷹を裏切って彼らに攻撃をしかけてきたとしても、魔力を削いでおけるのでそれもまた良し。

そして、さらに万が一――この先、紅鷹と星聖竜騎士団が戦闘する展開になっても、騎士団長の攻撃情報を得ておくことで有利に立つので、それも良し。

『使いにくい超火力を先行攻撃で使い潰す』というユージンの案は、彼の立場において実に正しい。

何もかもを理解した上で――それでも、男に迷いはなかった。

いいだろう、見せてやる。

「我らが神の雷を――」

片手槌を高々と掲げた。

「――雷撃・神天槌」


――ごがががががあっ!!


槌から繰り出された雷撃が、〝竜〟と竜巻へ襲い掛かる。通常の魔物であれば、一瞬で黒焦げになるほどの大威力。神の怒りと称されるほどの稲妻の雨が降り注ぐ。だが、

――きゅわああああああああああああああっ!!

〝竜〟が咆哮した。雷撃は風に遮られ、竜巻が雷を散らしていく。

渾身の攻撃を防がれたニール団長は、しかし冷静にその様子を見て、

「ふむ。出力が足りないか、あるいは――」

ドラゴンが彼を見る。そのときにはもう、竜巻から『風の刃』が放たれていた。がぁん、という音は雷鳴だ。ニール団長は再び自身を雷化させ、破壊されていない城壁の上へ退避した。

彼の仮面に備えられたバイザーが、敵の情報を見極める。通信魔術を発信、

『リーダー、敵の種別が判明した。報告する』

古の邪竜。遥か古代に、神龍・そして人間と戦い、敗れ去った者どもの生き残り。

種族：飛竜。

種別：風竜。

『ギルドではこう呼んでいたな。――トルネードラゴン、「ウィドレクト」』

『確認した』

ユージンの声が通信魔術で届いた。

『ニール団長の今の雷撃――ダリアくんの全開砲撃とほぼ同じ魔力量だったな。それでも破れないとなれば、あの『風の壁』、ムゥヘルのものより強力であると思われる』

ウィドレクトから、竜巻が横に放たれた。ニール団長のいた城壁が粉々に砕け散る。雷化して城下町の外へ退避した彼は、草原に降り立ちながら通信を返す。

『出力が足りていない。いや、そもそも、あれはどれほどの高威力でも破れないのではないか？』

『ああ。俺も「竜剛」――に近いもの、と考えている。「竜剛」のように完全に徹らないわけではないが、攻撃魔術であれを突破するのは難しいだろう』

『策は？』

『まずは――俺が試してみる。彼の方の準備がまだだからな』

彼？

とニール団長が城下町へ視線を向けたその先で、街を破壊する竜巻の一つがぶわぁあっと霧散した。

ナインが、斬ったのだ。

そうとは知らないニールが、わずかに驚いたような声を出す。

『──ほう?』

そして、ウィドレクトの動きに変化が起きた。

まるで急に目標を見失ったかのように──城下町が見えなくなったかのように、右方向へ進みだしたのだ。

物見塔から飛翔し、城下町の上空で〝竜〟を睨む援護術師ユージンが、敵に弱体化を掛けたのであった。

しかしすぐに効果が切れたのか、ウィドレクトは再び城へ照準を定め、進攻する。

『各員──敵の防御は完全ではない。攻撃魔術は徹らないが、幻惑なら効くようだ。本部長! 聞こえていますか?』

ノイズ交じりに、本部長の返事が聞こえた。ウィドレクトの発する風の魔術に妨害されつつ、通信魔術師を三人中継して、ユージンが遥か彼方にいるギルド本部長へ応援を要請する。

『ピエロッタを呼んでください。俺の幻惑魔術より、あいつの手品に頼るのが一番早そうだ』

ピエロッタぁ!? と疑問の声が聞こえたが、ユージンは要求を変えない。むしろ、とっとと呼べと催促する。
『ユージン、私はどうする？』
『ダリアくんはナインくんの援護だ。彼を運んでやってくれ』
『承知した！　この私を馬車扱いとはなぁ！　あっはっは！』
浮遊待機していたダリアが、少年のもとへ飛翔する。
草原からその様子を見たニール団長が、口の端をわずかに上げて、笑う。
与えられた役目は果たした。
ユージンの思惑（おもわく）通りの仕事はした。
星聖竜騎士団団長の全力攻撃を、ただの『威力偵察』として使用した紅鷹（くおう）。
「大陸最強と名高き、その実力——しかと拝見させていただく」
仮面に隠された目は、笑ってはいなかった。

あと一〇秒。

――ニール団長は、全力攻撃を行ったな。

トルネードドラゴン『ウィドレクト』に幻惑魔術を仕掛けながら、ユージンは考える。

先の一撃、ダリアの全開砲撃に勝るとも劣らない威力であった。星聖竜騎士団団長は、その力を余すことなく我々に見せた、と考えるのが自然だろう。もしあれが全力でないのなら、彼はダリアよりも強大な破壊力を有していることになるからだ。

自身を雷化させて高速移動する魔術に、敵の情報を正確に読み取る魔術、そしてあの超高威力の雷撃魔術――。

――もしも、敵に回したら、恐ろしいことになるな。

バハムート教がヴァルムント教を駆逐できない理由がわかった気がする。彼がいる限り、武力では太刀打ちできないだろう。

街を破壊する竜巻がまた一つ消えた。ダリアのマントに接着魔術でくっついているナインが斬ったのだろう。

　あと五秒。

　──きかかかか！

　──かかかきかか！

　──きゅかかかか！

　竜巻が消えると、中から小型の鳥型モンスターが複数出現した。怪鳥マンタロスだ。〝竜〟はこいつらを使役していることが多い。ウィドレクトの種族が『飛竜』ならなおさらだ。だからこそ、対策はすでに立ててある。

　四秒。

　三秒。


『──弾着、いま』


　リンダの声だった。

　城下町に光の弾が落ちてきて──弾けた。『傘の骨』のように降り注ぎ、出現したばかりのマンタロスの群れが次々と撃ち落とされていく。

　きゅどどどどどどどどどっ!!

アードランテ王国の上空に援護術師の使い魔である光鳥がいる。リーダーから連絡を受けた後、猛スピードで飛ばしたそいつの観測を元に、遠い西のリゾート島から大陸間遠距離狙撃を行ったリンダが、ノイズごしに通信魔術を寄越す。

『当たった、よね？』

ユージンが頷く。

『見事だ。マンタロスは全滅だよ』

『いよーし！　これで私も参加したからね！　分け前よろしくぅ！』

また一億負けたのか、と訊きたかったが戦闘中なので差し控えた。敵はまだ健在だ。ウィドレクトの生む竜巻や突風が城下町を支配している。

だが、やっとユージンの策が来た。

「人使いが荒ァァァァア――――――い☆」

風が荒れ狂う城下町に、トランプが舞い上がった。ピエロッタだ。あのトランプは、奴が毎日こつこつ魔術を刻んでいる特製の霊札である。

『よく来てくれた！　やることはわかってるな？』

『当然！　道化師は戦場に引っ張り出されても戦ったりはしない！　俺の仕事はァァァア！』

『合わせるぞ！　――幻惑＆闇夜！』

瞬間、城下町が闇に包まれる。ユージンの魔術で一時的に夜の帳を下ろしたのだ。そして、

——きゅわああああ!?

驚きと戸惑いの声を上げるウィドレクトの真横、いまだ破壊されていない城壁の上に、カッと『スポットライト』が照らされた。

道化師ピエロッタ・マルゲリータが、戦場のど真ん中で高々と手を上げる。

「——イッツ、ショォオオオォタァアァアイム！」

道化師が、ぱちん、と指を鳴らすと、風に舞い上げられたトランプがきらきらと瞬きだす。城下町全体を夜空のように輝かせたのだ。

——きゅわ？

ウィドレクトが首をもたげる。奴の纏っていた竜巻がしゅるりと弱まっていく。いま、〝竜〟の目には、かつて自身が生まれた古代の大地が視えている。その鼻には、第六感を司る魔力探知器官にまで染み渡るほど、懐かしい魔素の香りを感じている。

暖かい、安らぎに満ちた風、香り、匂い。もう二度と戻らないと思っていた神代の大気。生まれ故郷。自らが帰るべき場所、自分たちが再び取り戻すべき世界。

それがいま、彼の目の前にある。

彼を包んでいる。

残酷なまでに優しく、愛おしいその幻惑に、風の邪竜は心をゆだねた。ゆだねてしまった。

大陸最強の支援術師が使用した幻惑と夜闇の魔術に、三カ月分の魔術式霊札を惜しげもなくばら撒いて、ピエロの化粧をした白タキシードの男が、ハットを取って一礼する。

そう、道化師の仕事は、

「——観客に、夢を見せることさ☆」

顔を上げて、いまだ夢の中にいる〝竜〟へ、ウィンクした。

竜にはピエロが見えていない。

自身の放った竜巻が、城下町を破壊し人間から魔力を吸い上げるよう放った魔術が、小さな少年によって解除されていることも。

少年を運び終えた当世の最強魔術師が、わずかに纏う『風の盾』を完全に掻き消すための全開砲撃を敢行するべく魔力を貯めていることも。

見えていない。

そんな竜へ、ピエロッタは「すっ」と右手を伸ばし、

「哀れな邪竜よ、最後にひとつだけ教えてあげよう——。ありとあらゆる勝負が『戦う前の準備』によって決まるように、道化師が「イッツ・ショータイム」と指を鳴らしたのならッ！

そのときすでにッ！　手品は終わってうわあああああっぷねぇぇえええ!!」

「——祖龍咆煌!!」

ピエロがなんか喋ってる途中だったが、ダリアは気にせず砲撃した。

ウィドレクトを包んでいた優しい世界が燃え尽きる。暖かな風が、大気が、大陸が、赤い紅い閃光によって端から焼かれ、消し飛ばされていく。

盾が間に合ったのは奇跡としか言いようがない。

――きゅわあああああああああああああああああっ!!

竜巻が〝竜〟を覆う。しかしその盾も、完全ではなかった。脆い部分からダリアの放った光が弾け、そして内部から竜巻を掻き消していく。

ぶわああっ！

熱風が城下町を駆け抜ける。夜の帳とトランプと、破壊された建物の瓦礫やらを吹き飛ばし
――その中で、ひとつ、

――七星剣武、

〝竜〟の探知には視えないほど、姿も魔力も小さな剣士が、ウィドレクトに肉薄していた。

――斬魔。

刃がひらめく。

十七の肉片に斬り裂かれた風竜ウィドレクトは、消えゆく身体と薄れゆく意識の中で、なぜだ、と発する。

あの幻は、本物になるはずだった。

自分はあの幻を現実のものとするべく、この地を訪れ、人間の世界を破壊したのだ。

そう——教えられたのだ。あの、雷の化身に。

雷竜に！

それが——なぜ。


ウィドレクトの斬り裂かれた肉体が、尻尾の先から霧（きり）へと還（かえ）っていく。その瞳が何かを捉（とら）えた。自らを斬った黒衣の剣士、そして——。

——きゅわあああああああああああああああああっ!!

発凶した。

首だけになったウィドレクトが、ナインに喰らいつく。

「ナインくんっ！」

ダリアの目からは、ナインが躱（かわ）せるかは微妙に見えた。地上ならば難なく斬って捨てるだろう。だが例によって大剣の腹で打ち飛ばした少年はいま、足場のない空中におり、果たして〝竜〟の顎（あぎと）を迎え撃てるのか。

彼のもとへ飛ぼうとしたそのとき、気がついた。

いつの間にか、ナインの背後に誰かがいる——いや、誰かなどと考える必要もない。稲妻を

纏って、ダリアですら気づかぬうちに彼のもとへ奔っていた男、

「見事だ、少年」

騎士団長ニールだった。彼の雷槌が光る。

ががあぁぁんっ！

稲妻によって、トルネードラゴン『ウィドレクト』は、

――きゅわあ…………っっ!!

今度こそ完全に、消滅した。

☆

アードランテ王国・城下町。

〝竜〟が消え、いくつかの魔石と竜煌石が、瓦礫が積み上がる地面に落ちていく。

雷化したニールが、ナインを抱えて大地に降り立った。

「あ、ありがとうございます」

「いや、お主なら必要はないとも思ったが、気づけば手を出していた。貴殿から王手を奪ってしまったのは我が浅慮ゆえ。すまぬな」

「いえ、そんな……！」

「ところで先のアレ——竜巻を斬り、〝竜〟ですら斬ってみせたアレは、」

仮面に隠された団長の目が、すっと細められた。

「——剣術だな」

「…………！　はい……！」

初見でそう看破されたのは初めてかもしれない。ナインはなぜか、それが嬉しかった。

「そうです！　あれは、剣術です！」

「七星剣武と見受けたが、いかに？」

「知っているんですか!?」

「なに。過去に一度、使い手と見えたことがあってな。再会は叶わなかったが——」

「ひょっとしたらその人、僕の——」

「んにゃおう」

と、それ以上喋ろうとするナインの口を、エヌが前足でふさいだ。

「んぷくす。にゃおう」

「いや、でも……」

ニールは気にせず、

「我がバイザーには、貴殿の魔力はほぼゼロに等しく映っている。だが、貴殿は魔力に頼らず、魔を斬る手段を、努力と研鑽によって身につけたのだな」

努力と研鑽。

父親との修業の日々が、そのように評されて、胸が熱くなるのを感じる。

ニール団長の手が、ナインの肩に置かれる。

「その歳であそこまで――見事なものだ」

「ありがとうございます！」

少年にはその手が、とても懐かしく感じられた。

仮面の男が、ナインの耳に口を寄せる。

「よければ、貴殿の力を借りたい。いずれ――」

「え？」

「ナインくん！　無事か！」

そこへダリアが降り立った。ピエロッタがさっきから通信魔術(コール)で『ダリアちゃんのバカバカ！　危なかったじゃないもう！』と騒いでいるのを完全に無視して。

ニールがナインから離れて、振り返る。

「『閃紅のダリア』。貴殿のパートナーは無事健在だ。焦(あせ)らずとも良い」

「ぱぱぱぱパートナー!?　いや、あの、うん、無事でなにより！　あっはっは、さすが私のナインくんだ！」

抱き着いてくるかも、と思ったナインだが、ダリアはナインの両手をがしっと掴むと、ぶんぶん上下に振った。顔が嬉しそうだ。全員、無傷で勝てたからかな、とナインは思う。

「みなさんご無事で、なによりです！　リンダさんの狙撃も、ピエロッタさんの手品も、ユージンさんの魔術もすごかったです！」

「ふーん？　私の砲撃は？」

「それはもちろん、とってもすごかったです！」

「ふーん！　ふーん！　ふふぇへへへ！　そうだろう、そうだろう！　ナインくんは素直だなぁ！　よーしよしよしよし！」

なでくりなでくりと頭を撫でられる。また子供扱いされてるなぁ、と思うナインだが、ダリアが顔を真っ赤にして『勢いに任せればこれくらいやってもいいだろう』と考えていることは知らない。

「んなおーう」

ナインのフードのなかで、黒猫がつまんなそうに鳴いた。

☆

住民の避難は無事に終わっていたようだ。

宮廷魔術師や兵士たちが破壊された街の後処理を始めている。

紅鷹（くおう）たちが帰還のために城へと戻る。ダリアがピエロッタに「すまんすまん」と謝り、ピエロッタが「お詫びにデートして」と迫り、ダリアが真顔で「無理」と断っている。ナインが心中でそのやりとりをハラハラしながら見守っていたのは、ニールにはわからない。

ただ、ナインの背中を、射るように見詰めていた。

――斬魔の太刀か。

素晴らしい。よくぞここまで練り上げたものだ。

星聖竜騎士団長は、薄く笑った。

風竜ウィドレクトを倒した、数日後。

大陸北部、ルニヴーファ王国。

雪と氷に閉ざされた極寒の北国。

ここにはヴァルムント教の総本部が置かれており、

「ようこそおいでくださいました、大陸冒険者ギルドの皆様」

ユージンがギルドの代表として、招待を受けていた。

ギルド本部に騎士団長ニールが訪れた、その返礼でもある。

「教皇、御自(おんみずか)らの出迎え、誠に恐れ入ります」

雪山の頂上に建てられた砦(とりで)。そこがヴァルムント教の本部であった。

転移魔術陣(テレポート)によりルニヴーファ王都までやってきたユージン率いるギルド一行は、雪山用のマントやブーツに身を包み、吹雪(ふぶき)や寒さを魔術で防ぎ、暖を取りながら、トナカイの牽(ひ)くそりに半日乗せられて、ようやく到着した。まさに自然の要塞(ようさい)である。攻め込むのは苦労しそうだ、とユージンはこっそりと思った。

その砦の中に入るとすぐ、ヴァルムント教皇マグニが出迎えてくれたというわけだ。

白い、質素な礼服であった。ユージンの魔導防具である法衣の方がまだ飾りけがある。

ユージンが率いるギルド一行は、変装したピエロッタの他は、護衛のA級魔術師たちとギルド職員だ。ダリアやナインなど紅鷹(くおう)の面々はいない。

その日は、形式的な挨拶(あいさつ)を交わし、会食を終えた。

ユージンたちの案内役も務めた騎士団長ニールが、教皇マグニの傍(そば)を片時も離れなかった。


翌日。

ユージンは教皇マグニ直々(じきじき)の案内で、封印された『御神体』を目にした。

巨大な魔術氷塊(ひょうかい)に封じられているのは、トールドラゴン。

全長は高さ一〇〇メートルを超える。黄金の鱗(うろこ)と翼に、三つの首を持った、巨大な〝竜〟である。

個体名称は、ヴァルムント。

このヴァルムント教にとっての『神』であり、ユージンたちが信じるバハムート教にすれば『邪竜王』そのものであった。

「――まさか、現存されていたとは」

氷塊の足元まで案内され、氷漬けのヴァルムントを見上げたユージンが、驚きに満ちた声を漏らす。いや、彼だけではない。同行していたギルド一行もみな一様に驚きを隠せない。

大きさで言えばムゥヘルの三分の一ほどだが、こいつはこの巨体で空を飛ぶ——はずなのだ。その速度は音を超えると言われている。

「我が神、ヴァルムント様」

教皇マグニが、穏やかに話す。その声は聞いているだけで人を安心させるものであった。

「この御方が復活なされれば、この大地のモンスターをすべて支配下に置き、我ら人間が安らぎを得られる世界になるでしょう」

ユージンが振り返り、

「——復活？」

「左様。この御方はいまだ生きておられます。邪竜との闘いに敗れ、こうして眠ってはおられますが、必ず復活すると我らは信じています。神の復活こそ、我らが望み。その時は近いのです」

教皇の言う『邪竜』とはすなわち、ユージンたちが神と信じるバハムートのことだ。

そして彼は、このヴァルムントが死んでいないと言った。

ユージンは再び、氷漬けのヴァルムントを見上げる。

その目は閉じられ、身体はピクリとも動かず、魔力も感じない。〝竜〟の気配を感じ取れるあの少年がこの場にいれば何かが視(み)えたかもしれないが、魔術を極めただけの自分では何もわからない。

だが、それは氷結封印が施(ほどこ)されているからであろう。

現に、こいつは存在しているのだ。

霧(きり)に還(かえ)っていないのだ。

で、あれば、教皇の言う通り、ただ眠っているだけに過ぎない。

——邪竜王は、生きている……！

背筋に怖気(おぞけ)が走った。この恐ろしい〝竜〟を、彼らは『神』と崇(あが)めている。自分たちが、すでにこの地にはいないバハムートをそう呼ぶのとは違い、いつ目覚めて人間種族に牙を剝(む)くかもしれないこの——邪竜を。

「神の御前では、みな恐れを抱くものです」

得体(えたい)の知れない恐怖に包まれそうな心に、教皇の言葉が入り込む。その心地よさ。この安心感はなんだ、とユージンは戦慄する。超越的な存在を見せつけ、そしてそれは敵ではなく味方であると囁(ささや)く。

目に見えない神ではなく、実在する神として。

彼らは邪竜ヴァルムントの本体を信仰の拠(よ)り所に使っているのだ。

狂信者、と片付けるのは容易(たやす)い。だがヴァルムント教はバハムート教との小競(こぜ)り合いにも勝利し続け、今でも信徒を増やしている。

止めなければならない。

もし彼らがヴァルムントを復活させようと企んでいるのなら、何としてでも止めなければならない。

邪竜王が復活したら、神龍も聖女もいない今の世界は、間違いなく〝竜〟のものになる。

人類種族は絶滅する。

いっそここで、バハムート教の代わりに制圧を試みるか、と考えないでもない。だが不可能だ。教皇の隣にいる騎士団長ニールが、じっと自分たちを見ている。ここで戦闘でも始めようものなら即座に殺されるだろう。武器も預けているわけだし、勝てっこない。

いまやるべきは、復活の方法を知ることだ。

ユージンは微笑みながら、教皇に尋ねる。

「――神の復活は近い、と仰られましたが、」

この氷結封印を解除する方法が、果たしてあるのか？　仮にあるとして、教団はどうやってそれを行っている？

「『祈り』だけでは、不十分なのでは？」

教皇マグニは穏やかな笑みのまま、

「いいえ。我らは祈るだけです。ただそれのみ。我らの祈りが神に届いた時、御身は復活なされるでしょう」

もちろん、人類種族の祈りが奇跡を起こす――という現象は、この大陸においては、在る。

言わずと知れた、魔術である。

ヴァルムント教徒たちの祈り――あるいは詠唱が、ヴァルムントを復活に導く魔術であるのならば、そしてそれが多大な魔力を必要とするならば、彼らが信徒を増やすことに躍起になるのも頷けた。

麻薬を取り扱うのも、その手段の一つであろう。

――だが、いったい何百年かける気だ？

これほど大規模な封印魔術を解くためには、膨大な魔力が必要となる。教徒たちが毎日『祈り』によって魔力を捧げても、数百年はかかるだろう。ギルドはおろか、この大陸の人間すべてを信徒にしても、要求される魔力量には及ぶまい。

その必要魔力量を少なくするため――ローコストで封印を解除することを専門とする魔術師も存在するが、それだってギルドに所蔵されている魔導書の封印ひとつ解くのにいっぱいいっぱいである。先の『竜の粉』の一件があるまで、まったく研究の進んでいなかった職業の封印が良い例で――。

あ。

そうか。

「……はぁ」

ユージンはため息をついた。つくづく己の頭の悪さが恨めしい。

いるじゃないか。簡単に解除できる人材が。すぐそばに。自分のパーティに。

黒猫の剣士、ナイン。

──となると、狙われるな、彼は。

いっそ殺してしまった方がヴァルムントの復活を阻止するためには良いのかもしれない、と自分の中の悪役が囁く。そうか、とユージンは納得する。

そう考える奴もいるよな。じゃあそういう奴らから、彼を守らなければならないな。

ニールが〝竜〟討伐に参加したのも、これが狙いだったのかもしれない。つまり、『ナインが魔術を斬れる』という噂をどこからか耳にして、それを確かめるために。

人の口に戸は立てられないというが、やれやれ、ギルド内ですら一部の人間しか知らない極秘事項だったのだが──ああ、そうか、麻薬に関与していた連中の中に、それを知っていてもおかしくないギルドの支部長がいたな。

つくづく、やれやれだ。

「……はぁ」

大陸冒険者ギルドは、大きくなり過ぎたのかもしれない。

巨大な組織は、いくつもの小さな綻びを生み、それがやがて大きな亀裂へと広がっていく。

ただの一地方ギルドの不正から、こんな大きな事件にまで発展するとは。

膿を取り除いた後は、組織自体の今後を考えなければならないな、とユージンは思う。それまでに人類種族が存在していればだが。

とにかく、この封印だけは絶対に解かせてはならない。

氷漬けになったヴァルムントを見上げて、ユージンは方針を固める。

――まさかナインくんが自ら協力するとは思えないが、念のため釘を刺しておくか。

いや、彼はあのアイラスとやらにも良いように使われていたな、と思い直す。念のためというか、絶対に協力しないよう伝えなければ。

それとなくダリアにも伝えておこう、とユージンは思う。というか、あの二人はとっととくっついてほしいと思っている。酷く打算的な考え方だが、作戦運営に支障が出るのだ。異性の肉体に触れることに、自分たち魔術学園出身者は（訓練していたから）それほど抵抗はないが、あの少年は別だ。早く慣れてほしい。ダリアやリンダとくっついて飛ぶことに心理的抵抗感をなくしてほしいのだ。

そして、この場にはピエロッタを残しておく。もちろん、いち信徒に変装させて、潜伏させるのだ。内偵である。神や精霊に干渉する魔術ではなく、ひとの手による技術だ。見破られることはないだろう。

あの白粉の下の素顔は、ユージンもここ十年くらい見た覚えがなく、またその記憶も不鮮明だ。道化師には、『顔を覚えられにくい技術』があるのだという。本来の『顔を覚えられやすい技術』の反転だと奴は言う。詳細はわからないが、頼りにはなる。非常に。

忙しくなりそうだ、とユージンは思った。

ここのところずっと忙しいのだが、これから一カ月はさらに激務となるだろう。公にも、私にもだ。

なにせ自分は一カ月後に、かねてから婚約していた幼馴染みの女性と、結婚式を挙げるのだから。

――ナオ。今度こそ、きみを幸せにする。

〝竜〟討伐やら国家指名依頼やらで、これまで何度も延期されていた式を、今度こそ決行すると誓っていた。

どうか、ミュージカルにあるような節目でないことを、祈るばかりである。

もちろん、目の前にいる邪竜王ではなく、自身の神・バハムートに。

☆

一方そのころ。

ノヴァンノーヴェは、ダリア邸。

「たっだいまー！」

マッカス群島の賭場（カジノ）から帰ってきたリンダが、義理の妹であり親友でもあるダリアに飛びついてきた。

飛びつかれたダリアは、彼女の頭をよしよししながら、

「おかえり、リンダ」

すると今度は、リンダがダリアを胸に抱きしめて、頭を撫で始める。

「おーう可愛い可愛いダリアー！　私のダリアー！　寂（さび）しくなかったかい？　よーしよしよしよし」

「いや別に」

ダリアはされるがまま、リンダに頭をなでくりされている。彼女は休暇（バカンス）から帰ってくるたびにこれをやるが、ダリアも「悪くない」と思っている。むしろちょっと好き。子供の頃に戻ったみたいで。

「私は寂しかったよー！　うーん、二週間ぶりのダリアだー！　私の抱き枕ダリアー！」

なでくりなでくり。ぎゅーぎゅうーっ。ぎゅう～～～～～！

「ダリアはほんと全身どこも柔らかいねぇ～。あぁんもう、こんなに育っちゃってぇ……はぁはぁ」

「私の腹の皮をつまみながらはぁはぁしないでくれ」

「でもそんなダリアももう私だけのものじゃないんだよね……。ちょっと寂しいけど、お姉さんは我慢するよ。ダリアの恋のためだもん！」

「……？　どういう意味だ？」

「どういう意味って……へいへい言わせんなよー！　この二週間、ご近所さんのナインくんを呼んでいろいろしまくったんだろー？　それともダリアがお呼ばれされたのかー？　ヘイヘイヘーイ！」

義妹の顔が、彼女の髪の色みたいに真っ赤になるのが可愛いと思うリンダである。

「い、いろいろって……！　ただ毎日……いやほぼ毎日、週に六日くらい会ってただけで……」

「それはもう毎日でいいわ」

「それで、一緒に訓練しただけだ。やましいことは何もない！」

リンダが止まった。

抱き枕にしていたダリアを椅子に置き、つかつかと壁際まで歩いて窓を開け放つと、ノヴァンノーヴェ城下町ギルド区画の青空へ向かって対空魔術砲撃のように叫ぶ。

「何もないんかぁ――――――――――――――――――――い！」

――――――――――――――――――――――――――――――

ぱたん、かちゃり。

「ちょっとピエロッタっぽいなそれ」

「え、マジでやめてアレと似てるとか最低の悪口じゃんそれ」

「それはピエロッタの悪口にならないのか？」

「本当に何もなかったの？」

「何も、なかった。なんにも……なかったよ………」

ダリアがちょっと寂しそうに言うので、逆にリンダは安心した。

良かった。残念がってる。この子もちゃんと期待してたんだ、と。

いや良くねぇな。

「ダリア、ちょっとそこにお座んなさい」

「もう座ってるけど」

「いいこと？　私たちは冒険者、ギルド所属の魔術師ではあるけどね、同時に乙女でもあるのよ？　乙女魔術師たるもの、気になった相手には即照準、即攻撃。躊躇(ためら)ってたら命はないの、わかる？　いつ死んでもおかしくない稼業なの。いつ死んでも悔いのないように生きなければならないの、わかる？」

「それで今回はいくら負けたんだ？」

「お黙んなさい。いつ死んでも悔いのないように私は生きているだけなの。それなのにあなたときたらまったくもう二週間もあったのに何やってるのかしらこの子はもう」

こうして、リンダによる説教が始まった。

長くなりそうだなぁ、とダリアは思った。

長いお説教の果てに、リンダはダリアに「もじもじ」させることに成功した。

彼女の本音を引き出したのだ。

リビングに移動して、二人並んでソファに座り、あったかいココアを飲んでお土産のビスケットを食べて、恋人同士みたいにくっついて、リンダの恥ずかしい恋愛失敗談も聞かせて、ようやくこの女は話し始めた。

「わ、私は――ナインくんが、どうやら……す、す、す、き、みたいだ……」

知ってますけど。

と、言いたい気持ちをぐっと抑える。今は彼女にぜんぶ言わせちまった方が良い。

「たぶん……あの、洞窟で、会った時から……」

そうでしょうね。

「でも、私は、十八だ……。彼よりも三つも年上だ……。平気だろうか、いろいろと……」

ここは答える。

「あー、ノヴァンノーヴェじゃ十五で成人だし、問題ないっしょ。他の国も、十三で成人のところとかあるよ」

「そ、そうか……。でも、ナインくんの気持ちは……どうなんだろう……」

「そりゃ本人に訊いてみないとわかんないわね」

多分大丈夫だとは思う、とはあえて言わなかった。面白いから。

「まぁ、訊かないで押し倒すって手もあるけど？」

「お、押し……！」

顔を赤くするダリアが可愛い。

「それで、いつ告白するの？」

「……さ、」

「……さ？」


「――三年後くらい？」

リンダは窓の外を見た。まだ日は高い。今日は良い天気だ。

一つ息を吐いた。

そして、ダリアを振り返った。

「ば〜〜〜〜〜っかじゃねぇの？」

自分の義妹がまさかここ、、、までとは思わなかった。

「ううううう……」

ダリアにも自覚があるらしい。

「だって、だって……！　ナインくん……言ってたもん……！」

「なんて」

「私に興味ないって……」

「は？　いつ？」

「初めて会った時……」

「そりゃそうでしょ」

大方、「色恋沙汰で新人が抜けて困る」とか考えたあなたが、いきなり「私のことを魅力的だと感じるか？」とか言ったんでしょうが。

とリンダは思った。その通りである。

「女性として魅力がないって……」

「それはさあ」

「付き合うとかはまったく考えられないって！」

「そうじゃなくてさあ」

　ダリアが両手で顔を隠して首をぶんぶん振っている。赤いポニーテールが右に左に跳ねる跳ねる。

「今は違うかもしんないじゃん」

「違わないかもしれないじゃないか！」

「えー、大丈夫だと思うけどなー」

　ついつい言ってしまう。リンダは続けて、

「あの子もどうて……ごほんうぉっほん！　初めての相手だと思うしさー。そりゃ、恋とか愛とか疎いところはあるはずよ。山から出てきて、社会にもほとんど馴染んでなさそうだったし、貴族のオトコみたいなエスコートとか、オンナゴコロみたいなもんはわかんねーはずよ」

　こくこく、とダリアが頷く。

「だからまぁ、すれ違いはあるかもだけどさ。言葉って不自由だからさ、気持ちをそのまま伝えられなかったりもするけど……。でも、本心は、あなたに好意を持ってるんじゃないかなぁ」

「え、え、こ、好意……？」

　うわめっちゃ嬉しそうなニヤケ面するなこいつ、とリンダは思った。

ふふ、と笑う。

「ナインくんにもマッカスのお土産買ってきたからさ、あなた、渡してきてよ。ついでに彼の気持ちも聞いてきなさいな」

「え？　ふぇえ？　えぇえ？」

「私のこと好きですか？　って」

「えぇえええぇぇぇ!?」

「ちなみに私は貴方が好きですって」

「ふぇえええぇぇぇぇ!?」

「それで抱き着いて、落ちなかった男はいない！　ナインくんは背がちっちゃいから、あなたが抱きしめてあげなさいな。そのおっきな胸でぎゅうっと」

「無理！　むりむりむりむり！」

「はー！　情けな！　大陸最強の女が何言ってんの!?　いいから行け！　今日も会う約束してんでしょうが！」

言って、リンダは自分の家でもないのに、ダリアを追い出した。

その手に、マッカス土産のチョコレートを持たせて。

☆

ところで、ナインはあの船——タンミワ卿の船の上でダリアに抱きしめられてから、ずっともやもやしている。

彼女の胸いっぱいに抱きしめられ、自分の胸いっぱいにダリアの甘い香りを吸ったのだ。果実みたいな香りだった。脳みそがとろけるかと思った。

ウィドレクト戦で彼女にくっついて空を飛んでいる時も、どきどきしていた。

戦闘後に抱き着いてくるのかと思ったけど、本当はちょっと期待していた。

ドキドキするし、そわそわする。

——女のひとは、みんなあんな香りがするんだろうか。

などとぼんやり考えてしまう、ナイン十五歳。

「にゃおう」

「…………ボーっとしてた？」

「にゃう」

「…………そう」

——男の子をカッコイイと思ったのは、初めてだよ

——だって、きみと出逢えたから

彼女の言葉が頭の中でぐるぐると回る。ぼーっとしたまま歩いているナインは、

「ぶにゃー！」

「………え？　うわっ！」

水路に落ちた。

華麗に頭から飛び降りたエヌが、信じられないといった目で水路を眺めている。

☆

びちょびちょになったナインが、髪の毛からぽたぽた雫を垂らしながらようやく自宅に辿り着くと、ダリアが玄関の前にいた。

なにか小さな包みを持って、ノックしようかしまいか迷っているかのように、ドアの前に上げた右手を前後に動かしている。

と、彼女がこちらに気づいた。目を丸くする。

「ど、どうしたんだナインくん!?」

「えっと………水路に、落ちました」

「ああ、あそこの……。確かにあそこは、よく馬車も落ちてるが……。地味に下り坂になってるし、柵もないしな……。しかし、きみともあろう者が珍しい」

「ボーっとしてまして……」

「考え事でもしてたのか？」

「はい。ダリアさんのことを…………………あ」

目の前にいるのがそのダリアであり、そのダリアが顔を真っ赤にして驚いていることに、ナインは気がついた。

「そ、そうか、私のこと……、ふ、ふぅん？　そう？」

ダリアの頬がぴくぴく動いている。嬉しすぎて笑いたいのを懸命に堪えていることに、ナインは気づかない。

「それよりも！　風邪をひいてしまうぞ！　早く暖かいシャワーを浴びるんだ！」

「は、はい、そうですね！」

二人とも動揺してたのだろう。

ナインは自宅のドアを開けると、ダリアを中に招き入れて、ダリアもまた何の疑問も持たずに、招かれるままナインの家に入った。

ナインはぼんやりしたまま風呂場に行き、ダリアは夢うつつなまま彼の後を追って、なぜか二人で脱衣室にいた。

「にゃおう」

「あ」

「わ」

エヌの鳴き声でようやく二人とも我に返った。ダリアにもエヌが何て言ったのかなんとなくわかった。なにしてんのあんたたち、だ。

「ごごごごめん！　私は外で待ってるから！」

「いいいいいいえ！　あの、外じゃなくてどうぞリビングでお待ちください!!」

「わかった！　ごゆっくり！」

「はい！　お茶とか適当に飲んでてください！」

しゃー、と脱衣室のカーテンが閉じられる。

ダリアは顔を真っ赤にして「ううー」と俯き（うつむ）ながら、リビングへ行った。彼女を案内するかのように、あるいは自分が先を行くのだと示すように前をとことこ歩くエヌの尻尾が、ぴぃんと立っていた。

☆

——ナインくんのお部屋だ……。

廊下からリビングに入って、ダリアはある種の感動を持って室内を見渡した。

ナインの部屋だ。

彼の匂（にお）いがする。

それほど広くないリビングには、木製の簡素な四角いテーブルに、丸椅子が二脚。端っこにはベッドが置いてあり、反対側の壁には小さな書斎机がある。

足を踏み入れる。部屋の入り口にある魔石に触れると、天井から吊り下げられた魔術式の照明器具に灯りが点いた。

「お邪魔します……」

エヌがとっとこ歩いて、部屋の真ん中にあるテーブルの上に丸まった。ダリアが書斎机の前に立ち、

「……見てもいいかな?」

エヌに尋ねると、彼女はぷい、と顔を伏せた。勝手にすれば?　と言われたように思えた。つまり、許可が出たんだと思う。

書斎机の上にはギルドの書類とか新聞とかが山積みになっていた。山にいた時、父親から教育を受けていたようで、文字の読み書きも算術もできるらしい。魔術詠唱ができるのはここ数日間の訓練でわかっていたし、ノヴァンノーヴェ王国の初等部卒業レベルの教養と常識は持ち合わせているようだった。

新聞と書類の間に、肖像画があった。大切にされているようで、額縁に収まっている。しかし隠されてもいるようで、上に置かれた新聞は絵に汚れがつかないための用心だろう。

ちら、と乗っかっている新聞をめくった。半分だけ見えた。赤いコートに赤い魔導鎧、身の

丈ほどもある大剣を構えて、赤い髪を後ろに束ねた、勇敢そうに見える近接魔術師の絵だった。

こいつの顔はよく知っている。毎朝、鏡で見ている。

自分の肖像画だった。

複製されて、街で大量に売られているやつだ。もちろん許可済みだ。全部寄付に回してるけど、ギルド経由で自分にもお金は入る。

それがナインの机の上にあった。

見てはいけなかった気がする。

見なかったことにする。

めくっていた新聞を静かに下ろす。嬉しいような恥ずかしいようなやっぱりちょっと嬉しいかな。

振り返る。なんというか、室内が暗い。灯りが少ないのだと気づいた。

——そっか。

彼はE級相当の魔力量しかないのだった。あまりランプが多いと、点けているだけで魔力がなくなってしまうのだろう。

風呂場からシャワーの音が聞こえる。魔術の発展で居住空間の快適性もかなり上がった、と歴史の授業で習った。昔は、水を温めるのも、小さいノズルからたくさんのお湯を出すのも難しかったようだ。それでも、彼のような魔力に乏しい人間にはまだ、現代の魔術社会は暮らしにくいのかもしれない。

小さな本棚には、ノヴァンノーヴェの辞書や、魔導書の類が数冊ほど並んでいる。どれも初等部で習うような内容だ。魔術に関しては、まだ勉強を始めたばかりなのだろう。

タンスは見覚えがある。リンダと三人で、買いに行ったとき選んだものだ。

しかしその上にある奇妙な棚と、お札は初めて見た。あとでダリアが聞いたところによると、『神棚』と呼ばれ、神と、彼のご先祖様に祈りを捧げるものらしい。小さな神殿、なのだとか。山の風習だそうだ。

エヌが丸まっているテーブルの上には、彼女が敷いているクッションと、水差しが置かれている。エヌくんは賢いから、水差しを倒すようなことはないんだろうなぁとダリアは思う。

ダリアが手を差し伸べると、エヌは顔を上げてくんくんと指先の匂いを嗅いだ。それから首を伸ばして、彼女の手のひらにこすりつけるように動かした。撫でていいよ、という許可――ではなく、お前の手のひらを使って頭を掻かせろ、という感じだった。ダリアは苦笑しつつ、黒猫の要請に従う。

エヌの頭に触れると、毛むくじゃらの向こうに、体温の確かなぬくもりと、生きた骨格のたくましさを感じられた。生きている。彼女の耳は思いのほか柔らかく曲がって、ダリアの手のひらの中でぺったんぺったんと形を変える。ごろごろと喉を鳴らして、今度は顎を掻けというように頭を上げた。

可愛い、と素直に思う。数千年の長きにわたり、この動物が人類種族の営みに入り込むわけだ。

〝竜〟なんかより、よほど人間たちを支配できていると思う。猫は人間たちを『巨大な猫』と認識しているというが、〝竜〟のことはどう視えているのだろう、と興味を抱いた。いつかエヌくんと会話ができたら聞いてみたい。

指先でエヌの顎を掻きながら、ダリアはもう一度室内を見渡す。

物は少ないのだが、生活感はある。

ベッドがあるし、この部屋で寝ているのだろう。ナイン邸はダリアの家より少し小さいものの、部屋は三つくらいあったはずだ。寝室は使っていないのだろうか。武器が見当たらないから、あるいは調整部屋として一部屋潰しているのかもしれない。

と、ベッドの脇にある小さなテーブルに、人形のようなものがいくつか置いてあるのが見えた。エヌが飽きたのか、ダリアの手から頭を離した。

ダリアは呼ばれるようにして、ベッドへと向かう。小さなテーブルを見下ろした。そこにあるものを見た。

素人が縫ったようなぬいぐるみと、不格好な押し花と、いくつかの石。魔石ではなく、宝石でもなく、ただの石のようだった。

家族のものだと、すぐにわかった。

ナインはエヌ以外の家族と死に別れたと、思い出すまでもなく脳裏に浮かぶ。

誰かを模したようなぬいぐるみと、美しい押し花と、いくつかの綺麗な石。

これらは、彼の、家族の、家族のものだ。

彼が失った、家族の、思い出だ。

触れてはいけないと思いつつ、ぬいぐるみを手に取った。布で表現された黒い髪に、黒い服。

黒いボタンの目は、どこか愛らしい。

ナインへの愛情が伝わってくるみたいだった。

「――あ、ダリアさん」

彼の声に振り返る。服を着替えて、でも髪はまだ濡れていて。

猫みたいに可愛いのに。

猫みたいに凜々しくて。

でも、捨てられた子犬みたいに、怯えているように見えた。

はっとした。ダリアは「ごめんなさい」と謝りながら慌ててぬいぐるみを元に戻した。

「すまない。きみの大事なものを、勝手に……」

「いえ、大丈夫です。エヌが何も言わなかったってことは、こいつも許したってことでしょうし」

ナインがエヌを見ると、エヌは丸まったまま一度だけナインと目を合わせ、それからつまらなさそうに首を引っ込ませ、瞼を閉じた。

　ダリアは思い出したように、自分がさっきからずっと持っていた包みを渡した。

「あ、これ、リンダのお土産だそうだ。一緒に食べないか？」

「ああ！　リンダさん、帰ってきたんですね！　はい、いただきます！」

　台所へ行くナイン。ダリアもついていって、彼の代わりに魔力を使ってお湯を沸かしたりした。紅茶を淹れて、リビングのテーブルで向き合って、お土産を食べる。

「美味しいです！」

「うん。あいつはこういうの、間違えないからな。たまにわざと変なのを買ってくるけど」

　ははは、と笑い合う。

　で、黙り合った。

　もくもくと食べ続ける二人。もくもくとチョコレートが減っていく。

　ダリアがさっきから何かを言いかけてはやめているのを、ナインはまったく気づいていない。

　ナインはナインで、ついさっき水路に落ちるきっかけになったダリアのことを真っ直ぐ見られない。どうにか話題を探して、

「あの、ぬいぐるみは……」

　彼はふと、そう口にしていた。

「母が縫ってくれたんです。小さい頃に」

「……うん」

そうだと思った、と紅茶の入ったカップに口をつけながら、ダリアは呟いた。

「僕は、捨て子だったんです」

あまりにも何げなくナインが言うので、聞き間違いかと思う。

「…………え？」

彼は苦笑しながら続ける。

「赤ん坊の頃に捨てられて、それで父さんと母さんに拾われたんです。エヌもその時はまだ子猫だったみたいで」

「そう、なの……？」

「はい。だから家族とは血は繋がっていないんですけど、でもすごく、大事に育ててくれました。妹が生まれた後も、僕を捨てないでいてくれて……」

──わかるよ。

ダリアは思う。その、どこか他人行儀な言い方は、自分にもよくわかる。ダリア自身も養子だから。

「物心ついた頃にはもう、そう教わりました。でも自分たちは、お前を本当の息子だと思って育てているって言われて……嬉しかったです。父さんには剣術を習って、母さんも優しくしてくれて、妹も僕のことをお兄ちゃんって呼んでくれて、とても幸せでした」

ナイン自身が「どうしてこんなことを喋ってるんだろう」と思っていることを、ダリアは知らない。

ただ彼が、誰かに話したくて、誰かに聞いてもらいたかったことを、ようやく口にしているんじゃないか――。そう思って、耳を傾ける。自分がリンダやユージンにそうしてもらったように、自分がリンダやユージンにそうしたように。

「でも……」

「でも……？」

ぜんぶ聞くよ、だから言って？　そう思いを込めて、ダリアが促した。

ナインがダリアを見た。

心の隙から、寂しさが滲み出たような声で、言う。

「十歳の頃に妹が病気で死んで――実感したんです。僕はやっぱり、この人たちの本当の子供じゃないんだなって」

☆

十歳の頃に妹が。追うようにして母が病死した。

母は亡くした妹を想って、病床で泣き続けた。母もまた、肺の病を患っていた。

看病する自分に、あなたは大丈夫、あなたは強く生きられるから、と優しく話してくれた。

きっと勇気づけてくれたんだと思う。

でもそれは、血が繋がってないからだ、と強く思った。自分が本当の息子じゃないから、自分だけ生き残れるんだと。

アッシュウィーザの家系は代々、剣も強く、魔力も豊富だが、その代わりに体が弱いという。内臓、血管、気管支、骨、筋肉、血液——人体を構成するありとあらゆる物質の寿命が短く、長生きできないのだ。戦って死ぬより病で死ぬことの方が多い一族だったらしい。

しかし自分は違う。魔力は乏しいが、肉体は非常に強靭（きょうじん）で、風邪もひいたことがない。

だから、より強く思った。

自分も一緒にいきたい。

そんな想いを見透かしていたのだろう。

その呪縛の上から、十四の時に病死した父が別の呪いをかけた。

——竜を殺せ。

——七星剣武（しちせいけんぶ）を途絶えさせるな。

生きる目的を与えられた。

でも本当は、自分も一緒に逝（い）きたかった。

父さんと、母さんと、妹（リラ）と一緒に、旅立ちたかった。

☆

「僕だけが健康体で、でも僕だけが魔力の乏しい『無能』で……。父さんは『七星剣武は持たざる者の剣術だ』って言ってくれてたけど、でも歴代の剣士はみんな、S級相当の魔力を持ってて……。ああ、やっぱり僕は、違う人間なんだなぁって……。あ、でも、エヌがいてくれるから、そんなに寂しくはないんです。ただ、ちょっと、悲しいだけで」

ナインの吐露を、ダリアは黙って聞いていた。

が、耐えられなくなった。

「私が継ぐ！」

気がつけば、立ち上がってそう叫んでいた。

「七星剣武を私が継ぐ！　きみの剣術はきみの代で終わらせちゃいけない！　道場を建てよう！　ギルドに、後世に広めよう！」

テーブルに身を乗り出して、彼の両手をぎゅっと握って、彼の目を真っ直ぐに見て。

「あ、あの……」

戸惑うナインを見て、ダリアは我に返った。でも、その手を放す気にはなれなかった。

「話してくれてありがとう」

抱きしめたい。この子を力いっぱい抱きしめたい。私もわかるよ、同じだよと伝えたい。でも、その勇気が出なかった。この一線を越えたら、それはもう、自分の気持ちを伝えるのと同義な気がしたから。

それは恥ずかしくて、とても怖いのだ。

「ダリアさんは、良い人ですね……」

困ったように笑うナインを見て、ダリアは自分を呪う。

――臆病者め……！

ナインの手を放して、ダリアは目を逸らした。

「い、いや……。リンダやユージンでも、きっとそう言うだろう……」

「はい！　みなさん、とても良い人たちです！」

にこにこと笑うナインが、ダリアにはとても眩しかった。

その眩しい光に当てられて、自分がみじめに思えてしまうくらいに。

ユージンから二人に通信魔術が届き、『ヴァルムント教に気をつけるように。特にナインくんは、封印解除のために拉致や誘拐の危険があるから、注意してくれたまえ』という旨の指示を受けたのは、この後すぐのことだった。

☆

「——で、ベッドから出てこないわけ？」

ダリア邸。

リンダに背を向けて、ダリアがベッドの上で肩まで布団をかぶっている。あっちを向いている彼女の赤い髪が枕に散らばるように広がっていて、布団とセットでひとつの生き物のようだった。イモムシ的な。

その赤い毛のイモムシがひっくひっくと囀（さえず）っている。

どうも泣いているらしい。

「はぁ……。まだあなたには早かったかぁ……」

珍しく風邪でもひいたのかと思って見に来たリンダが、いつものようにダリアの部屋へ勝手に上がり込んで勝手に果物を食べて勝手に紅茶を飲みながらぼやく。

「でも、そっか。ナインくん、捨て子だったんだね。あの自己評価の低さも納得だわ。昔のあなたみたいだもん」

ベッドの上で赤い毛のイモムシになってる女がもぞもぞとした。

「………私？」

「もーそっくり。可愛くなかったわー、あの頃」

「…………」

「今は可愛いって意味よ？」

「…………今日は素直だ」

「妹はたとえ赤いイモムシになっても可愛いもんよ。血は繋がってないけど、余計にね」

「…………私には、きみがいる。ナインくんには、エヌくんがいる」

「うん？」

「…………それで、十分なのかなぁ」

どこか達観したような、諦めたような、自分に納得させているような声で、ダリアが呟いた。

――こりゃ重症だ……。

リンダがこっそりため息をつき、そして、テーブルに置かれている『手紙』をちらりと見る。

差出人は、ブッツシュリー王国・ベールディール家。

中身は見なくてもわかる。自分にも同じ手紙が来たからだ。

故郷の父からである。

結婚相手を見繕ったから身を固めろ――そういう内容だった。冒険者を続けるにしても、『家を守る夫』がいた方がやりやすいだろう、とも記してあった。う～～～～ん余計なお世話～～～さすがお父様～～～～～～～と、手紙を読んだリンダはその場でひとり踊った。

ダリアはどうするのだろうか。

どうするもこうするもないと思うが。
――早く抱いちまえばいいのに。
リンダが呆れた目でベッドを見る。
赤い毛のイモムシは、また「ひっく」としゃっくりみたいに、泣いた。

ユージンも、なんかおかしいな、とは思ったのだ。

城下町から馬車に揺られて野営・訓練地であるこの平原に来るまでの間、いつもだったらナインにべったりくっついてあれこれ話しかけているダリアが、今日は彼と距離を置いて、リンダとばかり喋(しゃべ)っている。

ナインもそれに気づいているのか、ダリアに話しかけようとはせず、リンダや自分とばかり喋って、あとは黒猫のエヌとぽつぽつと会話をしては、寂(さび)しそうに遠くを眺めている。

一体何があった?

ユージンがヴァルムント教の総本部から戻ってきたのが一昨日だ。自分がかの地へ赴(おもむ)いている間に、バカンスへ行っていたリンダが一足先に帰ってきていたらしい。

で、リンダに『ダリアくんとナインくんはどんな感じだい?』と尋(たず)ねたら、珍しく歯切れの悪い口調で『うーん、いやまぁ、あとで話すわ』と返ってきた。

戦闘訓練は上手(うま)くいった。

魔術学園時代にさんざん使った、訓練用の魔術武器を持ってきた。極めて低威力の魔術しか発動しない得物たちだ。いつも自分たちが装備している防具なら、当たっても『ちょっと痛い』くらいで済むというワケだ。

閃光玉や少し痺れる矢、木剣・木刀などを用いて、戦術の確認を行った。

ナイン少年の『天雪』はさすがの一言だった。自分やリンダの撃った魔術はやはりよく視えているらしく、動きに無駄がない。ダリアとの前衛同士の連携も無理がない。

ただ——もっとやれると思った。あの二人なら、もっと息を合わせられるはずだと思っていた。

それがどうやら、自分が戻ってくる少し前に『なにか』あったらしい。リンダの歯切れが悪くなるような『なにか』が。

今なんか休憩中だが、二人は微妙に離れた位置に座ったたままそっぽを向いている。まるで彼と初めて会った時のようなよそよそしさだ。

あ、ダリアが話しかけた。

「やぁ、ナインくん！　そこの水筒を取ってくれるか？」

「あ、はい、どうぞ」

「うむ、ありがとう！」

「いいえ……」

「…………」

「…………」

「……………………」

なんで喋らないんだこの二人。

いつも隙さえあれば『まだ付き合ってないのか？』と言いたくなるほど喋ってるじゃないか。

ちらりと隣を見ると、リンダは明後日の方を向いた。が、彼女も眉間にしわを寄せている。

聞いてみるか。

こっそりリンダに通信魔術。直通で。

（リンダくん）

リンダが口も動かさずに、

（はいはい。来ると思ったわよ）

（では訊くが、これはどういうことだ……？　なぜ二人の関係が悪化しているんだ……？）

（しょーがないでしょ我らがお姫様が私の予想以上にヘタれ——純情だったんだから！）

（……まさか、フられたのか？　ダリアくんが？　ナインくんに？？）

（そこまですら行ってないわよ。言ってない、ともいえる）

（言ってない……？）

（ダリアが告白しようとした。でも土壇場で怖気づいた。それで自己嫌悪に陥って昨日は引きこもってずっと泣いてたの）

（…………………ありえるのか？）

（実際にあったんだからしょうがないでしょうが。私だってびっくりしたよ）

はぁ、とこっそりため息をつくリンダ。

そんな彼女のもとに、別の通信魔術が届いた。直通で。

（リンダ……）

（あらダリア、どしたの？）

ダリアが水筒をじっと眺めながら、

（ナインくん、怒ってるかな……）

（怒ってはいないと思うけど）

さらに別の通信魔術が届くもちろん直通で。

（あの、リンダさん……）

（ナインくん。どうかした？）

ナインがエヌの顎を撫でながら、

（ダリアさん、怒ってますよね……？）

（あー、違うのナインくん。ダリアは別に怒ってない。怒ってるとしたらそれは自分自身に）

ユージンが、

（状況はなんとなく把握したが、しかしどうする？　前衛（アタッカー）の連携はシビアだ。表面上は取り繕（つくろ）っているが、このままではいつか破綻（はたん）する）

ダリアが、

（私も、こう、普段通りにしたいのだけど、どうしても意識しちゃって……。彼の真っ直ぐな瞳が、私にはとても眩（まぶ）しくて……。どうしたらいいんだろう……？）

ナインが、

（自分自身に……？　あの、リンダさん、実は一昨日、ダリアさんと二人でお話をしたんです。その時にちょっと……）

リンダが、三人に、

（ごめん……。ちょっと待ってくれる……？）

三人が、

（ん？　承知した）

（え？　うん）

（あ、はい）

ふー……。

——そんないっぺんに話せるかああ！！！！！！！！！！！！

と、心の中で絶叫したリンダは、
（問題ない。ぜんぶ私に任せなさい！　へーキへーキ！）
と、三人に伝えた。
ユージンが、
（そうか……？　わかった。いつもすまない）
ダリアが、
（いつもごめんね。大好き）
ナインが、
（リンダさんにはいつも感謝しています……）
と、言葉を返してきた。
うん、とリンダは思う。みんなイイ奴なんだけどなー。難しいよねー、実際。
そこへ、紅鷹（くおう）全員に通信魔術（コール）が届く。
来客だ。今日はもう一人、野営（キャンプ）に参加する予定になっていたのだった。

『ピエロッタだと思った？　残念！　ボクはいま寒いさむーい北国の砦でひとりスパイ活動中だよ☆』と、謎の怪通信が届いたが全員が無視した。

あんな怪しい男ではなく、女子である。乙女である。

これをチャンスと見たリンダがすかさず、

「あ、ナオが来た。ユージン、ダリア、迎えに行ってきてよ」

ユージンが即座に察して、

「わかった。ダリアくん、行こう」

ダリアも頷いて、

「承知した。ナオと会うのは久しぶりだな。じゃあ、行ってくる」

ナインが慌てたように、

「あ、行ってらっしゃい！」

リンダは手をひらひらと、

「はーい、行ってらっしゃーい」

こうして、ユージンとダリアが野営地から離れ、残るはナインとリンダ、あとエヌになった。

「——で、少年」

リンダが微笑む。まずはコイツからだ。

「何があったか、お姉さんに話してみ？」

☆

「――そう。ナインくん、捨て子だったのね」

　ダリアからすでに聞いていた事実を、さも『いま初めて聞きました』みたいなツラしてリンダは深く深ーく頷いた。

「でも、ダリアはそんなこと気にしちゃいないわ。あの子は、自分自身の不甲斐なさを責めてるの。ナインくんが嫌いになったわけじゃない」

「不甲斐なさ……？」

「そう。あの子自身の問題なの。きみのせいじゃない。気にしないで、って言っても無理だよねー」

「僕には、どうすることもできないんでしょうか……？」

「……いや、どうだろう」

「あの、リンダさん」

「なぁに？」

　ナインが真剣そのものといった表情でリンダを真っ直ぐに見て、

「僕が『好きです』って言ったら、迷惑でしょうか……？」

呼吸が止まった。

不意打ち過ぎる。

待て、恐らく照準が違う。

「……ダリアに？」

「え？　…………あ、はい！　そうです！　ダリアさんに、です！」

めちゃくちゃびっくりしたわ。やめてよねー、いまどき三角関係とか流行んない流行んない！　うわーもうめっちゃくっちゃびっくりしたわー!!　と内心で滝のような汗をかくリンダ。

「す、すみません、紛らわしくて……！」

「いや、いいの。勘違いした私も悪い。で、きみ、ダリアが好きなの？」

ナイン少年の顔が耳まで赤くなる。

「…………………………………………………………………………………………はい」

そして、とてもとても恥ずかしそうに絞り出した。うわ可愛い。ねぇダリア、私ちょっとつまみ食いしてもいい？　うそうそ。うそでーす。まだ死にたくありませーん。

ふふ、と笑いながら立ち上がるリンダ。伸びをする。

「なんで私に訊くのさ」

「リンダさんは、ダリアさんと仲が良いですから……。それにその、パーティに入る前に釘を刺されたんです」

「なんて？」

青空に向かってぐいーっと背を伸ばし、

「『新人がすぐやめる』から『私を女として見るな』って……」

頭を抱えてしゃがみ込んだ。

「ど、どうしたんですかリンダさん!?」

「いや……何でもないの……。予感が的中したというか……。果てしない自業自得と伏線回収を見たというか……」

はぁ～～～～～～～～～～～～～とクソデカため息をつきつつ、リンダが立ち上がる。

「そうねぇ……。まぁ別に恋愛禁止ってワケじゃないからねぇ……。止める義理はないんだけど……」

とはいえ、ナインから告白したとして、それであの子は「私嬉しい！」って素直に喜ぶだろうか。より一層、自分が情けなくなるんじゃないだろうか。

自分は三つも年上なのに告白できなかった。

この子は自分より三つも年下なのに告白できた。

とかなんとか。

また不貞寝しそう。

めんどくせー女だなまったく。ま、そこが可愛くもあるんだけどね。

「……もうちょっと待ってあげて。うん。今はちょっと、タイミングが悪いのよ。あの子の」

「そう、ですか」

ナインは酷く悲しそうに俯いた。

うわぁ、こういう素直な子が悲しそうな顔するとめちゃくちゃ心に刺さるなァ、と心中で呻く。

顔を上げたナインが縋るような目で、

「あの……僕は、紅鷹の皆さんが好きです。皆さんと一緒にもっと冒険をしたいです。だから、伝えるなと言われるのなら、黙っています。ですから……」

リンダは右手を上げてナインの言葉を止めた。

「うん。わかった。わかったからその先は言わないで。きみは仲間。きみだって紅鷹の一人。きみが『自らの意志』で辞めない限り、これからもそれは変わらない」

「……はい。ありがとうございます」

「お礼はいいよ。こっちこそありがとうだわ、ナインくん。きみのおかげで〝竜〟は簡単に倒せるし、いろいろ助かってるんだから」

「そう言っていただけると、嬉しいです」

力なく微笑むナインに、リンダも微笑みで返す。

——こりゃ早いとこ、どうにかしないと、少年が可哀想だな。

と思いつつ。

☆

迎えに行く馬車の御者台で。

ユージンとダリアは二人並んで、かっぽかっぽがたんごとんと街道を進んでいた。手綱を握るのはユージン。馬に強化魔術をかけるのもユージン。ダリアは背中に吊るしていた大剣が邪魔なので前に抱えて座っている。まるで心細い少女がぬいぐるみを抱えるように。

この二人も付き合いはそれなりに長い。魔術学園の初等部から一緒なので、もう十年以上になる。

「——なるほど。伝えられなかった自分が情けない、ということか」

リンダからすでに聞いていた事実を、さも『いま初めて聞きました』みたいなツラしてユージンは深く深ーく頷いた。

「よくわかるよ。俺も、ナオに気持ちを伝えるときは怖かった。お互いに小さい頃から知っていたし、なおさらな」

「そう……。きみも……」

「誰もがみな、そうさ。初恋の相手に気持ちを伝えられる人間なんて、そう多くはいないだろう」

「初恋……。あれ、初恋だって話したっけ？」

ユージンが笑いながら、

「きみが自分で言ったんじゃないか。『男の子をカッコいいと思ったのは初めてだよ』と」

「なななななんで覚えてるのかなー！　きみはそういうことをさー！」

「安心したまえ。きみたちの結婚式のスピーチは、この話をすれば絶対に失敗しない」

「なにを想定しているんだ!!」

けけけけけっこんとかそういうのはまだ別に……。とダリアがくねくね体を動かしている。

実に興味深い。

「きみとも長いが、そういう仕草は初めて見たな……。やはり初恋か……。面白い……。大陸最強のメスゴリ――うおっほん、大陸最強の魔術師にもそういう一面があったのだな」

「いま大陸最強のメスゴリラって言おうとしなかったか？」

「おっと、そろそろ着きそうだぞ」

「誤魔化すなユージンおいこら」

全力でスルーした。

「――別にいいじゃないか。気持ちが伝えられなくたって」

「…………え？」

「人間がみんな強いわけじゃない。そして、人間がみんな、自分の弱さと向き合わなければいけないわけじゃない」

「……でも、私は、ちゃんと、伝えたい。きみたちみたいに、なりたいよ」

ダリアが俯いて、ぽつりと言った。

ユージンはちらりと彼女を見て、

「俺は告白するのに三年かかった。自慢じゃないが」

「……三年」

「ナオはずっと待っていてくれたみたいだ。ふふ、俺が勇気を振り絞って告げた後、あいつは笑ってこう言ったんだ。『三年間、あなたを片想いできたわ、ありがとう』って」

ダリアがぽかーん、とした。

「…………すてきだ」

「ああ、俺もそう思う。自慢の婚約者だ」

「…………のろけだ」

「もちろん。まぁ、だから、そういうこともあるんだよ。リンダくんは『ば〜〜〜っかじゃねぇの？』とか言いそうだけどな」

と、ユージンは笑う。ダリアがぶーたれて、

「本当にそう言ったよ、あいつは」

「あっはっは！　だろうな！　彼女は狙うのも撃つのも速いからなぁ。おっと、本当に着きそうだ」

さっきメスゴリラと言いかけたことは上手く誤魔化せたようだ。恥ずかしい告白話を聞かせた甲斐があった。

城下町の城壁、その門の一つまで、馬車はやってきた。そこで待っていたのは、一人の女性。巨大な戦斧(ハルバード)を携(たずさ)えた、ゆるいパーマのかかった金髪が背中にまでかかる、正真正銘のA級冒険者。

「わー、ダリアちゃんだー、ひさしぶりー☆」

ゆるい声にゆるい笑顔で手を振ってくる、ユージンの婚約者、ナオ・イーストマントだった。

ダリアが馬車から降りて、

「やぁ、久しぶりだな、ナオ！　さっそくだが聞いてくれ」

「なになにー？　どうしたのー？」

「さっきユージンにメスゴリラって言われた」

え、忘れてたんじゃなかったの、とユージンは本気で焦(あせ)った。

☆

ゆるふわ系のお姉さんがやってきた。でっけぇ戦斧を担いでやってきた。

「ナオでーす。いつもジンがお世話になってまーす」

ぺこり、と頭を下げるナオ。『ジン』というのはユージンのあだ名だが、これはナオしか使ってない。

ナインは『そのでっけぇハルバードを背負ったままよくお辞儀できますね』と驚嘆しつつも、

「ナインです！　紅鷹に最近加入させていただきました！　よろしくお願いします！」

負けじとお辞儀を返す。九〇度。

「わー！　本当に男の子だー。可愛いー☆」

なでくり、と頭を撫でられる。

「髪さらっさらだー。ほらー、ダリアもー」

とダリアにも撫でさせようとする。

困惑するナインとダリア。

「いや、あの……」

「いつも撫でてるから……」

「いつも撫でてるのー？　そっかー。ウフフー。そういうことねー？　でも私は撫でてるところを見てないから、いま撫でてー？　ダリアがナインくんの髪を撫でてるところを、私に見せてー？」

「あ、はい」

「ええ……」

困惑しつつ頭を撫でられるナインと頭を撫でるダリア。

「ナインくんの髪は、本当に、さらさらだな……」

「あの、汗かいてますから……あの……あわわ」

鼻の下を伸ばして頭を撫でるダリアと、赤くなって頭を撫でられるナインと、うふふーと笑うナオ。

「いきなりナイスプレイだわ、ナオ。私の仕事がなくなった」

「さすがだ。連れてきた甲斐があったな」

うんうんと頷くリンダとユージン。

そういうわけで、ゆる（い女子が加わった）野営(キャンプ)スタートである。

☆

野営地——夜。

城下町の夜闇を削る魔術の灯りも、ここまでは届かない。

夜空を仰いで見えるのは、いつかベーベルの街で見たような、満天の星々だ。

遠くに見えるのは影になった王宮と、細い弧を描く新月。

紅鷹（くおう）は夕食の準備に入っていた。

食材担当のリンダが、ナインに豚肉のブロックを渡す。

「ナインくん、これ斬って。一口大に」

「こんな感じですか？」

「うわ速っ！　斬ったの見えなかったんだけど」

「ついでにこっちも下拵（したごしら）えしておきました」

と、先ほど狩ってきたウサギの肉をお出しする。

「えっ、きみ、そんなこともできたの？」

「山暮らしが長かったので」

照れ笑いを浮かべるナイン。

一方、焚（た）き火（び）担当のダリアとユージンは、

「ダリアくん。その辺にいたゴブリンの魔石だ。火を頼む」

「承知した」

ナオと二人で『ゴブリンの巣』を襲撃したユージンは五分足らずで制圧すると、幼体ひとつ見逃さずに全て魔石変換し、イチャイチャしながら戻ってきた。二人のラブラブっぷりはダリアも見慣れているので特に動じない。

袋いっぱいに魔石を持ち帰ってきたユージンが、中身をがらがらと焼き台の下に放り込み、ダリアが魔術大剣でそれに火をつけた。もちろんユージンでもできるのだが、ダリアがやった方が早いし省エネなのだった。

ごあ――――。

『火』の魔術を付与された魔石が、ごうごうと燃えていく。

「……強すぎたな」

「こちらで調整しよう」

ユージンが薪代わりの魔石をちょいちょいと杖で脇にどけつつ、風と冷気の魔術を使って燃焼範囲と温度を調節する。

その上に網を置いた。

満天の星の下で、バーベキューが始まった。

「「「かんぱーい！」」」

ワインとジュースの注がれた木のジョッキをがごんとぶつける。

肉を焼いた。

次も肉を焼いた。

また肉を焼いた。

たまに野菜も焼いた。

リンダがワインで酔っ払い、ユージンに絡み、ナオが「これは私のでーす」と取り返した。

「美味しいね、ナインくん」

「はい、とっても美味しいです！」

いつの間にか、ダリアとナインもいつも通りに喋れていた。ていうか、ダリアが気にしなくなったのだ。

ナインもナインで、『今はまだその時じゃない』ことがわかったし、ダリアの準備（それが何の準備かはわからないけれど）が終わるまで待つことにした。

「そろそろいいかな……」

腹いっぱいになったところで、ユージンがバイオリンを弾き始めた。

ナインが「なんで楽器なんて持ってきてるんですか」という目でダリアを見ると、ダリアは「キャンプじゃいつもこうなのさ」とウィンクで返してきた。

バイオリンを弾きつつ、ユージンが魔術も使う。なんと精霊を呼び出して、伴奏とバックコーラスまでやらせ始めた。彼らへの報酬はユージン自身の魔力だ。

シルフたちがハーモニカを吹き、ギターを爪弾き、ドラムを叩いて、歌まで歌いだす。

『肉の身体を持たない彼ら』が奏でる音色は、光る波のように虚空へ広がっていく。地上のオーロラみたいだった。その波に触れるたび、観賞する者のテンションが上がっていく。魔性のミュージックだ。

「すごいっ！」

「やつは天才だからなぁ」

感動するナインに、ダリアが苦笑交じりに頷いた。

アップテンポな曲だ。思わず足が動きだしそうになるビートに合わせて、リンダとナオがきゃっきゃと踊り始める。ちょっと幻惑の魔術が入っているのかもしれないが、それ以上にアルコールの力が大きい。

ナインが隣に座るダリアを見る。

ダリアが隣に座るナインを見る。

目が合う二人。えへへ、と笑うダリアとナイン。

ダリアが立ち上がり、ナインに手を差し伸べた。

「一緒に踊ろう、ナインくん」

ナインも立ち上がり、その手をぎゅっと握りしめた。

「はい！」

二人は手を繋いで踊り始める。ステップも振り付けもでたらめだけど、たまにお互いの足を踏んじゃったりもするけれど、でも、めちゃくちゃ楽しかった。

軽快な曲に、楽しいダンス。踊っている相手は、自分が恋するその人で。

二人はお互いに、宝石（オニキスとルビー）みたいなその瞳に釘付けで。

――ずっとこうしていられたらいいのに。

二人はお互いに、手を繋ぐ彼／彼女のことを愛（いと）しく想った。

「あーっはっはっは！　楽しい、楽しいな、ナインくん！」

「はいっ！　すっごく、すっごく楽しいです、ダリアさんっ！」

微笑みながらバイオリンを弾くユージンの袖（そで）を、ナオがくいくいと引っ張った。

「ほーら、ジンも一緒におどろー♪」

「そーだそーだ、輪になれ、輪に！」

「あはは、やれやれ、仕方ないな！」

女子二人に左右から腕を絡められ、ユージンは仕方なく、それでも楽しそうに立ち上がる。

焚き火を中心に、ナイン、ダリア、ナオ、ユージン、リンダが輪を作った。みんなで手を取り合って、足を上げたりステップを踏んだりして、ぐるぐると回りだす。

満天の星の下で、冒険者たちが踊る。魔術仕掛けの焚き火を囲んで、精霊たちの奏でる音楽に乗って。

ああ、とナインは思う。

幸せな夜だ。

今は亡き家族と過ごしたあの日々みたいな、幸せな夜だ。

だからだろう——ナインの決心がついたのは。

自分は、ダリアが好きだ。

だからこそ——知るべきだと思うのだ。

自分が、どこから来たのか。

自分は、いったい誰なのか。

怖くて、恐ろしくて、ずっと逃げてきた答えを、正面から受け止めるべきだと、ようやく思ったのだ。


どんちゃん騒ぎの中で、エヌが、その金色の瞳が、何もかもを知っているはずの彼女が、

「くあ」とあくびをした。

☆

　翌日。

「教えて、エヌ。僕の本当の両親について」

　テーブルの上であくびをしていたエヌが、首だけをこちらに向けた。

　ナインだけに通じる猫語（ことば）で、返事をする。

「どういう風の吹き回し？　あなた、私が説明しようとしても、聞く耳を持たなかったじゃない」

　ナインは頷く。

「ごめん……。今までは、気にしなかった。僕にはアッシュウィーザのお父さんとお母さん、それに妹（リラ）と、きみがいたから。そう思っていたけど……」

「誤魔化さないで。それだけじゃないでしょ？」

「……そうだね。僕は、怖いんだ。自分が、アッシュウィーザの家族じゃないことが。いや、ひょっとしたら——人間ですらない、かもしれない。そのことが」

「向き合う気になったのね？」

「ああ」

　顔を上げる。

「あの邪竜王（ヴァルムント）は——僕に関係があるんじゃないの？」

僕は、ダリアさんが好きだ。

☆

野営訓練(キャンプ)の翌日。

ナイン邸。

夜。

魔力節約のため、植物油ランプに火を灯(とも)したリビングで、ナインはエヌに質問をした。

これまで聞かずにいた、自分の、本当の両親について。

「あの邪竜王は——僕に関係があるんじゃないの？」

テーブルの上に丸まっているエヌが、試すように尋(たず)ね返す。

「なぜ、そう思うの？」

「……〝竜〟の麻薬の成分を視たとき、そう感じたんだ。僕が視ているように、このひとも、僕を見ている。探している」

ランプの火がぼぼぼ、と揺れる。

黒猫は「ふぅ」と息を吐いた。

「ちょうどいいわ。私も、強引にでもあなたに話すつもりだったから。……覚悟はいいわね？」

「ああ」

エヌが座り直した。金色の瞳で、ナインを真っ直ぐに見る。

「ムゥヘルを斬り、〝竜〟の麻薬ルートを潰したあなたは、邪竜王に見つかっているでしょう。あの『ヴァルムント教』の使者が訪れたのが良い証拠だわ」

そして告げる。

彼女が、彼の母親から託された真実を。

「邪竜王は、あなたの本当の父親なの。あなたは、〝竜〟と人の息子なのよ」

――ああ。

やっぱり、そうなのか。

ショックを受けるより、何となく覚えていた悪い予感が当たってしまったことに、落胆する。

〝竜〟と人間のハーフであるというピエロッタ、彼が『自分と似ている気がする』と言った意味が、ようやくわかった。

俯く彼に、黒猫は語る。

「ムゥヘルが死に、新しい『斬魔の剣士』が出現したことを、恐らく邪竜王は知った。そしてそれが、かつて自分が殺したはずの、人間の娘との間に生まれた息子だったことも気づいたはず」

なら。

なぜ。

「……どうして、邪竜王は僕を捨てたの」

言わなくてもわかるでしょうに、という目で、エヌはナインを見る。

「――あなたに、魔力がなかったからよ」

ナインは、黙って俯いている。

「〝竜〟の息子でありながら、あなたにはまるで魔力がなかった。それで邪竜王は赤ん坊のあなたを殺そうとした。あなたの母親は、あなたをこっそり逃がした。使い魔である私と一緒に」

「……その母親は、どうなったの」

「殺されたわ。私たちを庇って」

黒猫は思い出すように、顔を上げる。

「私は託された魔力で、私たちが死んだと思わせる偽装魔術を施した。幸い、それで私の魔力は空っぽになり、あなたも感知されないくらい魔力がなかった。だから死んだと思われて、逃げられた」

エヌが起き上がる。

「そうして、あなたと私は『斬魔の一族』に拾われた。邪竜王の息子であるあなたが、竜を殺す剣術家であるアッシュウィーザに拾われたの。なんの因果かしらね」

テーブルから前足を伸ばし、俯くナインの頰に、触れた。

「今なら、逃げられるわ」

思わずナインは顔を上げる。

「……え？」

「あなたに伝えるタイミングは、恐らく今がベストだったはず。冒険者になる前のあなたではーー〝竜〟を斬る前のあなたでは、きっと逃げ切れなかった。でも、今のあなたはもう、視えるでしょう？　奴らの気配が」

ナインは頷いた。麻薬の成分だった『竜の粉』を斬った影響で、〝竜〟の気配が視えるようになった。近づけばわかるはずだ。たとえ人間に化けていても。

「だから、今なら逃げられる。邪竜王はあなたを求めている。息子であるあなたが、『斬魔の一族』から『七星剣武』を受け継いだことで、自らの封印を解くために、奴はあなたを取り戻そうとするはず。一度は、殺そうとしたくせに」

「僕は逃げない」

少年は即答した。

「僕が逃げたら、紅鷹は、ノヴァンノーヴェは、ギルドはどうなる？　邪竜王が僕を探しているなら、迎え討つ」

漆黒の瞳に決意を宿して、宣言する。

「僕が、邪竜王を斬る」

エヌが伸ばしていた前足を戻した。そのまま座り、自分より遥かに大きくなった義弟を見上げる。笑うように、鳴いた。

「……立派になったわね」

☆

ナイン。あなたはね、剣術なんか覚えなくたって良かったのよ。そんなもの覚えなくたって、あの人たちはあなたを捨てようだなんて、一つも思ってなかったのよ。

——なんて、私が何度言っても、心から信じたりは、しなかったわね。

☆

眠れない。

ベッドに入って二時間くらい経ったろうか。

ナインは枕に頭を預けたまま、ランプに照らされた壁をじっと見詰めている。

怖かった。

紅鷹のメンバーに、この事実を告げるのが、不安で不安で仕方なかった。

自分は、邪竜王の息子なのだ。

そして紅鷹は、〝竜〟を殺す専門家たちなのだ。

ユージンはこう言っていた。

必ずヴァルムント教の狙いは阻止しなければならないと。

邪竜王の復活は何としても止めなければならないと。

だが自分は――その封印を解けるかもしれないのだ。

これ以上の理由が必要だろうか。これだけ条件が揃っていて、なぜまだ紅鷹にいられるのだろうか。

自分は、お父さんとお母さんの、本当の子供じゃない。

それどころか、人間ですらなかった。

あの邪悪な〝竜〟が、戯れに人間の娘に産ませた、人間でも〝竜〟でもない中途半端な存在だ。

――ピエロッタさんは……どうやって……この辛さを乗り越えたんだろう。

あのひとには、人間のお母さんがいるらしい。まだ生きていて、仕送りをしていると言っていた。母ちゃんが焼くピザが美味いんだよ、とピエロのメイクの下で笑っていた。

正直、少し羨ましい。

自分は、産んでくれた人にも、育ててくれた人にも、もう会えないから。

エヌがいなければ、自分は本当に一人だ。家族はもうどこにもいない。故郷の山に帰っても、あるのは住む人間のいなくなった廃屋だけ。自分を知っている人間は一人もいない。

ただ一人、血を分けた家族は、邪竜だけだ。

ぐるぐると思考が回る。こんなのはただの言い訳だと、心のどこかでわかっている。

言うべきだ。伝えるべきだ。紅鷹に。

ユージンに。

リンダに。

そして、ダリアに。

――僕は本当は、邪竜王の息子でした。

寒くなんてないはずなのに、がたがたと身体が震える。ベッドの中で、身を縮めて恐怖に縛られる。

言えない、言えない。怖くて仕方がない。そう伝えて、どんなふうに見られるのか。昨日まで仲良くしてくれたあの人たちが、自分をどう思うのか。あの人たちは貴族で、生粋の人間だ。自分とは何もかも違う。それなのに優しくしてくれた。仲間だと受け入れてくれた。

でも、恐ろしい。もしそんな彼らに自分の存在を否定されたら。

それでも――。

思う。

それでも、ここで黙っているのは。

あの人たちを裏切ることに、なるだろう。

この上ない裏切りに、なるだろう。

――臆病者め……！

足りないのは勇気なんだ。

必要なのは、覚悟なんだ。

もう二度と捨てられないように――そう思って剣術を身につけた。

もう一度捨てられるかもしれない。それでも、自分は伝えなければならない。

――覚悟を持て。死ぬ気で向き合え。斬るのは自分の弱い心だ……！

植物油のランプが消えた。部屋が真っ暗闇に包まれる。それでも窓からは、光が射していた。月の光が、ナインのベッドを照らす。

窓の外の天上には、あの楽しかったきのうの夜と同じように、満天の星々がきらめいている。

紅鷹（くおう）のみんなが大好きだ。

自分の正体を話すのは、〝竜〟と向き合うよりずっと、恐ろしかった。

☆

翌朝、紅鷹（くおう）の招集があった。

場所はダリア邸。理由は「昨日泊まった私がいるし、ナインくんも家が近いから。たまにはユージンがこっち来なさいよ」とリンダが言ったから。

ぜんぜん眠れなかった。

恨めしいくらいの青空の下、朝の陽光に目を焼かれながら、ナインはダリアの家を訪れる。

到着したと通信魔術（コール）で告げると、門扉の施錠魔術（ロック）が解除された。遠見の魔術がこちらに向けられることを肌で感じる。

眠い目で視た、うねうねぐにゃぐにゃした施錠と遠見の魔術の線がより一層ナインの脳みそをこね回す。寝不足で『天雪（てんせつ）』を使って魔術を視るのはよくない。癖（くせ）になっているのだ。足音を殺して歩くのと、魔術を視るの。……とどこかで聞いたような言い訳を誰かにする。

「あたまがいたい」

「んなぷす」

ふらふらと、門扉(もんぴ)を開けて、庭を通り、玄関のドアノッカーを叩くと、ほどなくしてドアが開けられた。

「おはよう、ナインくん」

普段着のダリアが微笑んでいた。いつものポニーテールではなかった。髪がほどかれていて、背中まで広がっていた。赤いロングヘアーは、太陽の光を浴びると、いつも感じる炎のような勇ましさよりも、陽だまりみたいな暖かさがあった。

綺麗だ、とナインは思う。一瞬で目が覚めた。

「どうしたの?」

「い、いえ!　おはようございます!」

「きみが一番乗りだ。さぁ入って」

「お邪魔します……」

リンダもいるはずなのだがあいつはまだ寝てるから一番ではないのだった。招集かけた後に二度寝しやがったのである。

ダリアに導かれて、ナインは屋敷に入る。広い。一人だと迷いそうである。そして、他に誰の姿も見えない。使用人がいないのだ。

領主の娘、しかもS級冒険者ともなれば、家に使用人の一人や二人いてもおかしくないのだが、ダリア邸にはいなかった。魔術学園時代の寮生活では家事をぜんぶやっていたので慣れていたし、ひとより何十倍も魔力量がある彼女が自分で魔石を使った方が早いのだった。たまに掃除のためにリンダ邸から呼ぶ程度らしい。ちなみにリンダの家には三人、ユージンのでかい屋敷には十人ほど常駐しているという。

部屋が余ってしまって困るよ、と苦笑するダリアを見て、貴族さまだ……とナインが憧憬のまなざしを向ける。いや、ナインも同程度の屋敷を買える程度には稼いだはずなのだが。

その余った部屋の一つにリンダが寝ているのだが、まだ起きてこない。

「すまないが、ここで少し待っていてくれないか。リンダを起こしてくる」

と、リビングに案内された。

中央にある大きなソファ——に座る気にはなれなくて、端っこにある椅子にちょこんと座った。エヌを膝に置く。手持ち無沙汰に彼女の頭と背中を撫でてやる。

「んくわぁ～」

エヌがあくびをしたと思ったら、ひょいっと膝から降りた。ソファの下に顔を突っ込んでいる。何かを見つけたらしい。虫だろうか。

「どうしたの?」

「んぷくす」

なんかあった。

咥えてきたのは、紙切れだった。

手紙だ。

見てはいけないと思いつつ、ある単語が目に入って、そのあとはもう自動的に読んでいた。

ダリア宛のものだった。ナインは知る由もないが、昨晩ダリアとリンダが夕食後の晩酌をした際、リンダが面白がって朗読したものである。

何が面白かったのか。

彼女らの父親が見繕った男性――つまりダリアのお見合い相手の書いた、恋文だったのだ。

ただの形式的な挨拶ではなく、読む方が恥ずかしくなるほどそれはそれは熱い文面だったのだ。

曰く、これは両親がお膳立てした縁談であるが、僕は運命だと感じた。なぜなら僕は、貴女のことをずっと以前から知っていたからだ。

曰く、貴女を一目見たときから、僕の心は燃え盛る炎のように熱くなってしまった。そう、まるで貴女の赤い髪のように。

曰く、あなたはきっと聖女様の生まれ変わりに違いない。誰よりも美しくありながら、誰よりも強く凛々しいひと。どうか誤解しないでほしいのは、僕はあなたの容姿にのみ惹かれたのではないということです。あなたの気高さが、裡からあふれ出る生命の輝きが、さんさんと僕の心を照らすのが、この上ない喜びなのです。

曰く、麗しきダリア嬢、美しき花の名のきみ。美しき花よりも可憐な貴女。どうかこれをただの政略結婚だとは思わないでください。僕は心から、貴女を幸せにしたいと願う。貴女が望まれるのであれば、僕は花嫁の竜討伐も全面的に応援したい。民草のため、人類種族のため、最前線に立つその気高き行為を、僕は尊敬しています。貴女に恋をしているのです。人生で初めてといってもいいほどの激情が、今まさに僕を衝き動かしているのです。

ダリアは酔っぱらった義姉にうんざりしつつ、自分もほろ酔いだったので「そういうのナインくんから言われたいなぁ～」とうっかり口にして、「人からもらったラブレターに対して他の男のことを言うのは失礼なんじゃない？」と自分のことを棚に上げたリンダに責められた。

それに対してはすまないと手紙の彼氏に心中で謝罪しつつ、妹に送られてきたラブレターを読んで爆笑するお前が言うなとダリアは思った。

申し訳ないが、ダリアは相手の男性をよく覚えていない。学園を卒業した後、何度か断り切れずに参加した社交界のパーティーで挨拶した何十人かのうちの一人だとは思う。

同じ国内の、聞いたことのある家の名前だ。あちらも領主の家柄で、きっとこの手紙の彼氏の家と縁を結べば、義父はさぞ喜ぶんだろうなぁと思わないでもない。

それに——気持ちはよくわかる。自分も同じような想いを抱いている真っ最中だから。そしてダリアはこの彼氏のことを少し尊敬する。自分も同じような想いを抱いている真っ最中なのに、自分は決して、それが手紙であっても、このように真っ直ぐ気持ちを伝えられないであろうから。

心苦しいが、断ろう。一度でいいから会いたいという相手の要望と、一度くらいは会ってくれという父親の要請もあるし、一度だけ会ってみてそれから手紙で形式的にお断りを入れよう、一応貴族だし。と思っていた。

で、ダリアがそう思っていることを、ナインは知らない。

うっかり手紙を読んじまったナインは知る由もない。

そしてまた、ナインもこの彼氏の気持ちが痛いほどよくわかるのだった。自分の想いを代弁してくれたみたいだった。恐ろしいほど豊富な語彙と凄まじいほどの修飾に満ちた文章に圧倒されて、いっそ嫉妬すら覚えた。どうして自分はこういうふうにあの人に伝えられないのだろう。自分にこれだけの教養があれば、自分にこれだけの地位と家柄があれば、今すぐ同じ内容をダリアに伝えるのに。

自分が貴族で、人間だったなら、今すぐダリアに想いを伝えられるのに。

——ああ、そうか。

リンダが言っていた『今はタイミングが悪い』とはこのことか。

そう、ナインは納得した。打ちひしがれながら。手紙から湧き出てくるような情熱の炎に、率直な愛の言葉の嵐に、自分よりも遥かに上を行く相手の存在に、かつてないほどの敗北感を味わいながら。

はじめて——と言ってもいいくらいに思った。実感した。

ひとは平等ではない。

自分は、魔力がない。貴族じゃない。人間じゃない。

タイミングが悪いんじゃない。ただ、生まれが悪いのだ。

——僕は、あのひとに相応しくない。

疲れたように笑う。手紙は、テーブルの上に、伏せて置いておいた。

「なおう」

人間ってば、回りくどいことをするわね。

「……そうだね」

エヌが呆れながら呟いた言葉を、ナインは正しく受け止められない。

それからすぐダリアがリビングに戻ってきて、テーブルの手紙を見て、「うわっ、なんでこんなところに……！」と慌てて、胸に抱くように拾い上げた。それが、とても大切な手紙であるかのように、ナインの目には見えた。

「す、すまないナインくん。もう少しでリンダが来るから」

「いえ、大丈夫です」

笑顔で答えられた。

「？　そ、そう……？　あの、もしかして……」

「なんです？」

「いや、なんでもない……。じゃあ、ちょっと待ってて。お茶淹れてくるから」

「はい」

良かった、と思った。

諦めがついた。もう何も怖くない。


その十数分後。

「僕は、邪竜王の息子です」

はっきりとそう伝えられた。

紅鷹のみんなは驚きつつも、その事実を優しく受け止めてくれた。

☆

「よく——話してくれた。よくぞ話してくれた。俺はきみを尊敬する」

「うん。本当にそう思う。私たちに打ち明けるの怖かったでしょ？　ありがとうね」

「ナインくん……！　きみは……！　きみは……！　きみの勇気は、本当に尊いものだ……！」

ユージンが感嘆のため息をつき、リンダが優しく頷き、ダリアが感動して言葉を失っている。

三人とも、ナインがどれほど苦しんだのか、想像できたのだ。

ユージンが、

「いますぐヴァルムント教に乗り込んで邪竜の本体を斬ってほしいところだが――。敵の本拠地は雪と氷に閉ざされた砦だ。そして何よりも、向こうにはあの騎士団長ニールがいる」

リーダーは続ける。

「また、現状でも封印が解けないと決まったわけじゃない。教皇の言葉が嘘であれば、『祈り』以外にも復活方法があるかもしれない。もし不完全な状態でも復活されてしまえば、俺たちはニールとヴァルムントの両方を相手にしなければならない」

「それは避けたいところだな」

ダリアの言葉に、ユージンが頷く。

「援軍は見込めない。ギルドはまだガタガタだ。相手がヴァルムント教となれば、ほとんどの冒険者は尻込みをするだろう。バハムート教にもあたってみるが、望みは薄い」

リンダが、

「あそこも今はちょっとゴタついてるしねー」

「だが希望はある。ピエロッタが内情を探っている。奴が戻れば、攻略法がわかるはずだ」

ダリアが腕を組んで唸る。

「それまで手は出せないか……」

「ギルドにも内通者がいるだろう。俺たちは『普段通り』に過ごすべきだ」

頷く三人。

ユージンはバツが悪そうに、

「そして――こんなときに申し訳ないが、来月には俺とナオの結婚式がある。延期にするべきなんだろうが」

「何を言う。『普段通り』に過ごすのが一番だと、いま話したばかりではないか」

「そーだよ。このタイミングでやめにしたら逆に怪しまれるじゃん。やんなよ。もうドレス注文しちゃったんだからね私」

「……恩に着る」

ユージンが目を伏せて、そう告げた。

「ところで、あの――」

ナインは手を挙げる。いつまで待ってもその話題にならないから、自分から切り出そうと思ったのだ。

「僕は、紅鷹にいても、良いんですか……？」

全員が、自分を見た。何を言っているんだ、という目で。

絞り出すように、ナインは言う。震えそうになる声を抑えて。

「僕は――邪竜王の息子なんです。人類種族の敵の息子なんです。その僕が、邪竜王を復活させることのできる『剣術』を身につけているんです」

怖くない。

「もし、邪竜王が、実の息子である僕の身体を乗っ取ることができたら……？　もし、邪竜王が僕を操ることができたら……？」

何も怖くない。

「そうなる前に、僕は――」

辿り着いてしまった、最も簡単な解決策。これを提案することに、いまさら恐怖なんてない。

「今すぐ自刃するべきなのでは……？」

「そんなことを言うな！」

ダリアが立ち上がって叫ぶ。いつかみたいに、本気で怒ってる。

怒ってくれている。

「そんなことを……言わないでくれ！」

ダリアが懇願する。悔しそうに。

ふむ、とリーダーが頷く。

「……確かに、ナインくんの言うことも一理ある。きみの善性に付け込んで騙しにかかってくるんじゃないかと考えていたが、もし『〝竜〟だけに通じる秘法』のようなものが存在するのなら、ヴァルムントの血肉を分けられたナインくんが操られる危険性はある。──だが」

ユージンはナインをじっと見つめて、

「俺は絶対に、自刃を認めない。たとえ竜の呪縛がきみを襲おうとも、きみは必ずそれに打ち克てる。俺はそう信じるよ」

リンダがいつものように、にっと笑う。

「そうだぞ少年。早まるな。まだ人生で楽しいこと、ほとんど知らないだろ」

ぱし、と強めに頭を叩く何かがあった。エヌだった。

「なおう。なうなうんぷくす」

このばか。まず私に言いなさいよ。

「すみません……」

申し訳ない気持ちと同時に、嬉しさがあった。

自分はここにいても、良いのだ。

安心したら、涙が出てきた。この人たちはなんて優しいんだろう。

「ありがとうございます……！」

ユージンが、

「……それにな、きみは俺たちにとっても切り札なんだよ。これは完全にこちらの都合だが、きみがいなければ、俺たちはきっとヴァルムントには勝てない。きみの力が必要なんだ」

「――はい」

ナインは頷く。

「必ず、役に立ちます。僕があいつを斬ります」

立ち上がったままのダリアが、ナインのもとへ歩いてくる。

「ナインくん」

そうして、座るナインに目線を合わせるようにしゃがむと、ぺこりと頭を下げた。

「怒鳴ってすまなかった。ごめん」

「いえ、そんな……！」

ダリアは顔を上げると、ナインの手を取る。

「たとえきみがヴァルムントに操られても、私はきみを見捨てない。私たちは仲間だ。私たちは家族なんだ」

彼女の声が、赤い瞳が、自分の胸にすっと入ってくるように感じられた。

「ダリアさん……！」

彼女は微笑んで、

「約束しただろう？　一緒に、星の彼方を目指すって。それまできみは、絶対に死んじゃだめだ」

「はい……！　必ず、一緒に行きます……！」

「うん。私もそれまで死なないよう努力するよ」

手と手を握り合って、お互いを見つめ合う二人。

そんな二人を見て、「まぁなんとかなったかな」というような顔で嘆息するリンダと、「ひとまず落ち着いたか」というような顔で安堵するユージン。

ナインは思う。この女性と一緒に、どこまでも行きたい。たとえ、人生においてその隣にいるのが自分じゃなくても、戦場では肩を並べて戦いたい。自分の恋は報われなくていい。この美しいお姫様を守り、共に戦う、剣士でありたい。

ダリアは思う。この男性と一緒に、どこまでも高みを目指したい。たとえ何年かかっても、いつか必ず想いを伝えたい。子を授かって戦場で戦えなくなる日が来てもいい。彼の剣術を習い、日々の癖を見て、彼と一緒に生きていたい。彼が誇れる魔術師であり、彼が誇れる伴侶になりたい。

「…………」

「…………」

「…………悪いんだけど、いつまでやってるの、それ？」

ほっといたらこのまま一時間でも見つめ合ってそうな二人を見て、リンダがたまらず声をかけた。

「あ、うん」

「すみません」

二人はもう、赤面すらしなくなっていた。

別の意味での覚悟が、決まってしまっていた。

片や『自分では相応しくないから身を引こう』と決心した男と、

片や『いつか必ず相手への想いを伝えよう』と決心した女。

――両片想いのはずなんだけど、なんか微妙にズレがあるような……？

そうとは知らないリンダは、「う〜ん？」と首を傾げるのだった。

☆

――自分は生涯を懸けてダリアに仕える。彼女を一生守り続ける。

☆

彼は本当に凄いひとだ。自分の秘密を打ち明けた。目の下のクマを見たか。一晩中、悩みに悩んで、苦しんだに違いない。それでも告白したのだ。本当にすごい。自分と比べるのがおこがましいくらいだ。自分は、やっぱり、彼が好きだ。昨日のことで、もっと好きになってしまった。

もし自分が同じ状況になったら、はたして打ち明けられるだろうか。無理だろうと思う。彼への気持ちすらちゃんと伝えられない自分には、そんな勇気はない。

……いつかこの気持ちを、恥ずかしがらずに、真っ直ぐ伝えられる日が、本当に来るのだろうか。

それからしばらくは、何事もなく時が過ぎた。

ヴァルムント教は何の動きも起こさなかった。強(し)いて言えば、ギルドへの慰謝料を支払ったくらいだ。麻薬(ピエロッタ)で得た金額の一パーセントにも満たないだろうが、大金は大金である。

ユージンは内偵の報告を逐次(ちくじ)受け取っているが、状況は変わらなかった。騎士団や騎士団長ニールが目を光らせているのでなかなか調べが進まないらしい。

リンダは二度目のバカンスに行こうとしてダリアに捕まった。休暇は終わっているのだから真面目(まじめ)に仕事をしろ、と。

ダリアとナインは前衛(アタッカー)同士の訓練に明け暮れた。気持ちはすれ違いながらも、体の方はお互いに徐々に慣れていった。いや決していやらしい意味ではない。身体的接触を要する連携についての話だ。

ノヴァンノーヴェ王国内の、とあるダンジョンにて。

今回の訓練相手はミノタウロスだ。中級冒険者向けダンジョンのボスになることが多い。今回もそのパターンだ。彼には悪いが、訓練に付き合っていただく。

ミノタウロスを相手に、ダリアの右側からナインが仕掛ける。

──上手い。そうやって体を入れるのか。剣にはまるで力が込められていないように見えるのに、速度も破壊力も申し分ない。

ばちぃん、と乾いた音が鳴る。ナインの得物は木刀なのだった。それが五度ほど連続で打ち込まれたのだが、あまりの速さに音が重なって一つにしか聞こえなかった。

だが、ダリアは目で追えていた。追えるようになっていた。剣術訓練の賜物であるが、ダリア自身の、天性の動体視力の良さによって得られたものでもある。どうもこの女子魔術師は、魔力やそれを使う技術だけでなく、身体能力や観察眼にも秀でているようだった。天才は、何をやらせても天才だから、たちが悪い。

「ぶもおおおおおおう！」

ミノタウロスが怒りの叫びを上げながらハルバードを振り回す。

ダリアが練習用大剣でそれを受け止めると──これも一カ月前までの力任せによる防御では

なく、ナインを倣った『捌き』の技術を使っている——彼女の背中の上を、ナインがくるりと横向きに転がって前に出た。ダリアの背中を軸に回転したのだった。

体の位置や、アイコンタクトによる意思疎通で、予め決めておいた数十パターンの連携のうち、どれを使うか確認し合う。それを一秒にも満たない刹那で行いながら、敵の攻撃を受け、躱し、味方に当たらないよう攻撃し、相方の攻撃を邪魔しないよう移動する。

それが、今回は上手くいった。二人は目を合わせて意志を通じ合わせると、振り上げたダリアの大剣を囮にして、ナインが魔物の脳天へ一撃を喰らわせた。

「ぶも……！」

木刀による殴打でモンスターが死ぬことはない。だが、その木刀に魔術が宿っていれば別だ。ムゥヘル戦でダリアが使った粒子の剣——煌竜直剣。あれをわずかながら、ナインも使用できるようになっていた。

「ぶもう……………？」

木刀の表面、皮膜一枚程度の薄さで覆った魔術の刃は、ミノタウロスを一刀両断にした。

真っ二つになり、ずるりと体がズレた後、しゅわああ、と霧に還っていくモンスター。大きめの魔石がひとつ、ダンジョンの地面に転がった。

「よし……！」

「見事だ、ナインくん！」

こぶしを握るナインに、ダリアが称賛を送る。

「みゃおにゃー」

木刀でも斬れるでしょ、あなたなら。

エヌはそう言う。確かにその通りだが、それでも魔術でモンスターを倒せたのは嬉しい。それに、刀だけでモンスターを斬ることができるナインが『斬撃』魔術を習得する意味も、ちゃんとあるのだ。

『うん、だいぶスムーズに連携が取れるようになってきたねー』

通信魔術を飛ばしてきたのはリンダである。カジノに行くところをダリアに捕まって、なかば無理やり訓練に参加させられたのだ。

とはいえ、今まで一人だった前衛の援護が、二人になった変化は非常に大きい。いくらナインが『線』を視れるからといっても――いや、視えるからこそ、事前に動き方を共有しておけば、戦術の幅は無限に広がる。通信魔術よりも速く、スコープで覗くだけで狙撃手の『意志』を伝えることができるからだ。このメリットを使わない手はない。

まぁ今回は、前衛の連携の確認だ。狭いダンジョン内で、彼女の狙撃は十全に活かせない、という事情はあるのだが、二人の連携精度を確認しておくのも悪くないと思った。あと、なんか微妙にズレてる感のある恋愛模様も。

『お二人さん、良い感じじゃないのー。魔術学園でもこんなに息の合ったペアはいなかったよー？』

その通りだ、とダリアは頷く。

少し前まではナインの身体に触れることに遠慮があったが、考えてみれば、ダリアが貴族の家に引き取られてから習った社交ダンスと似たようなものなのだ。パートナーを信頼し、体を預けることに、舞踏も武闘も変わりはないのだった。

それに気づいてさえしまえば、ナインと触れ合っても恥ずかしいことは何一つない。彼は、ダリアのちょっと膨らみ過ぎた胸部とか臀部とかに触れても、まったく意に介さなくなった。一時期は、こちらの体を見てそわそわしてたことがあったけど、もう慣れたようだった。

それよりも、最近、彼の瞳がますます奇麗に、そして凛々しくなったように思えて、ダリアはそちらの方が気になる。胸の鼓動が高まるばかりだ。何かが吹っ切れたような、そんな潔さと勇ましさがある。きっと自分の出自について、彼の中で折り合いがついたのだろう。本当に強いひとだ。尊敬する。

そんな彼は、

「ダリアさんの教えてくれた魔術、やっと使えましたー！」

朗らかに笑う。

あの粒子の刃は、何度も失敗して、ようやく今回成功したのだった。

やはり自分の教え方が良くなかった——とダリアは反省する。ナインは驚くほど努力したが、これまた驚くほど習得に時間がかかった。喩えるなら、それは綱渡りのバランス感覚に近い。ナインは魔力の操作が恐ろしく不器用だったのだ。

ユージンに相談した。するとやつは、少し話をしただけで、ナインにあっさりと魔術を習得させてしまった。やつが言うには、

「剣術というのは『理』で動くそうだ。理論とか理屈だな。で、それは魔術も同様。ならば、魔術の『理』を教えてやればいい」

と、こともなげに笑う。

剣の道は、魔術にも通じたのだった。

そういえば自分も初等部の頃にそんなことをユージンから聞いたな、と思い出した。自分は何となくやってたからな、と反省しつつ。

これにより、ナインは『必要魔力量が少ない魔術』なら扱える、ということがわかった。もともと、魔導防具による身体強化は行っていたはずだが、それも魔力量が少ないために大した効果は発揮していなかったのだ。

魔術師は身体強化魔術を常に使用しながら戦うのだから、自身の筋肉量は必要最低限だけあればよい、という考え方が一部にはある。

あまりそうは思えないダリアは、魔術だけに頼らず筋力トレーニングも行っている。鍛えれば鍛えるほど、身体に行き渡る魔術の精度が上がる気がするのだ。

　ナインは、〝竜〟の血が混じっているためか非常に頑強な肉体を持っている。そのおかげで、少量の魔力でも前衛として戦える部分はある。魔力の少なさを筋肉量とスタミナで補っているのだ。ゆえに、

「やはりナインくんは体ががっちりしてるなぁ。……ちょっと触っていい？」

「え、あ、どうぞ」

　と、ナインの腕や肩をぺたぺたと触ってみる。「ほほう、なるほど……」とか言いながら腹筋とかつんつんしてみる。

「さすがに鍛えているなぁ……すごい……。私もここまでではないぞ……」

「僕は、身体強化の魔術があまり使えないので……」

「……素で私のこと、持ち上げられる？」

　社交ダンス繋がりでそっちに思考が流れた、ということをナインは知らない。

「えぇっと……たぶん……？」

「じゃあ、はい」

　ダリアは練習用大剣を地面に刺すと、両手を水平に広げた。

「両脇を持って、高く上げてみて？」

「こう、ですかね――。よっと」

　魔導鎧を着てそれなりに重量があるはずのダリアが、簡単に持ち上げられてしまった。

「おお、すごい！　すごいぞナインくん！　じゃあこれは？」

頭までのリフトアップもさせてみる。

簡単にできた。

お姫様抱っこもさせてみた。

恥ずかしいけど嬉しかった。

「すごい！　すごいよナインくん！　これ魔術使ってないの？」

ナインの首根っこに腕を絡ませて、ダリアがはしゃいだ。

「えぇーと、はい……」

「はぁ〜。そうなんだぁ。ナインくんそうなんだぁ〜」

なにが「そうなんだぁ」なのかわからないといった顔で、ナインがゆっくりとダリアを降ろす。

ダリアがしみじみと、

「男の子……いや、男性だねぇ……ナインくんも」

どういう意味だろう、とナインは首を傾げる。可愛い。

『あのー、ぜんぶ見えてるからねそれ』

「んぷにゃあ」

通信魔術でリンダが告げ、ナインの頭の上でエヌが鳴いた。

☆

その後もしばらくは、何事もなく時が過ぎた。

東の平原にサイクロプスが出現すれば訓練として狩りに行き、
西の港にキングオクトパスが出現すればやはり訓練として狩りに行き、
南の砂漠にワイバーンが出現すれば当然のごとく訓練として狩りに行き、
北の森林に霜巨人(ヨツン)の大勢力が出現すれば意気揚々と訓練として狩りに行った。

「日々是訓練(にちにちこれくんれん)」

「いや標語みたいに言われてもね……。A級冒険者が失敗した依頼がじゃんじゃか流れてきて困るんですけど……」

満足そうに言ったユージンに、リンダがワインを飲みながら苦言を呈した。

ノヴァンノーヴェは、ユージンの屋敷。

大広間。

明日はユージンの結婚式がある。

今日はその前祝いのパーティーだった。

王族や貴族、大商人にギルド関係者のお偉いさん方がたくさん訪れている。

挨拶の百人組手みたいになっていたユージンは、休憩のつもりで、紅鷹の面々がいるテラスへやってきた。

「前衛の連携訓練も順調のようで何よりだよ、二人とも」

「ああ。ナインくんは凄いぞ。どんな場面でも的確に合わせてくれる」

「ダリアさんが丁寧に教えてくれるおかげです！」

ユージンがにこにこと、

「うんうん、よろしい」

ナイン少年は珍しく真っ白なタキシードに身を包んでいた。ユージンのおさがりであるが、彼にぴったりのようだった。白いジャケットに黒髪はよく映える。ダリアがナインを見てぽうっとしていた。エヌはナインの足元に自分の身体をこすりつけるようにしてうねうね動いている。匂いをつけたいらしい。

そしてダリアは珍しくドレスを着ていた。いつも嫌がるのは、コルセットが窮屈なためであり、それは腹筋が必要以上にあるせいだが、それよりも胸が強調されて鬱陶しいのが大きい。必要以上に肌を見せると周囲の反応が煩わしいのだ。今日これを着るときも、普通なら背中やお腹はもちろん二の腕からも肉を寄せて胸を作るのに、ダリアの場合はそれをやると逆に収まらなくなってしまうので、着替えを手伝った年老いたメイドも若いメイドも揃って「あらあらまぁまぁ」と驚いていた。

魔力量が多いと胸の脂肪も多くなるというが、これはこんなにいらなかったよなと眼下の白い山を見て思う。邪魔だ。足元が見えない。昔はリンダも、似たようなことを言っていた。男はそういうのないのかな、と彼女に聞いたら「にやり」と悪い顔で笑ってたのが怖かった。

繰り返すが、ダリアがドレスを着ている。彼女にぴったりの、深紅のドレスだった。久しぶりに貴族令嬢らしい恰好をしたので、「鬱陶しい」とは言いつつも少しどきどきする。大陸最強の魔術師であるが、実は人並み以上に乙女心がある。

パーティーが始まる前、彼女は真っ先に自分のドレス姿を恥ずかしいけどナインに見せに行き、恥ずかしいけど訊いてみた。

「似合う……かな……？」

「はい……！」

「それだけ……？」

「とっても、お綺麗です……！」

「うふ、えへ……私嬉しい」

「お綺麗です！　ダリアさん……！」

ナインがなにか、絵画かなにかを見るように瞳を潤ませていたのが気になる。嬉しいのだけど、なんかこう――反応が思ってたのと違う。実家にいる『爺や』を思い出した。保護者みたいな感動の仕方だった。

もっとこう、『鼻の下を伸ばせ』とまでは言わないが、うっとりするくらいはしてくれても良かったのではないか。このドレスは背中も見えるから、ばっきばきに鍛えた背筋が目立つのだろうか。

などと、先ほどのナインの反応を思い出しながら、テラスでこっそり自分の背中を気にする彼女に、ユージンが頷く。

「うん、ダリアくんのドレス姿は久しぶりに見たが、やはり美しいな。まさに君の名の、可憐な花のようだ」

ダリアは眉をひそめて、

「王侯貴族の男子は息をするようにそういうことを言うものだね」

「そうかい？」

「そうだとも。このあいだ貰ったてが――」

手紙にも同じようなことが書いてあった、と言おうとして、隣にナインがいることを思い出して、口を閉じた。

「手が？」

「手が早そう。貴族男子」

「ははは、それは誤解だ。なにせ俺は、ナオ以外に口説いた女性はいないからな」

「……今のは口説き文句に入らないのか」

「女性を褒めるのは口説いたことにならないさ。花の美しさを称えるのと同じようにね」

「勉強になります！」

「いやナインくん」

「何を勉強してるのきみは。そういうのはお姉さんに聞きなさい。そうこのリンダに」

わちゃわちゃしていたら、

「失礼――紅鷹の皆様とお見受けするが」

テラスの入り口に、貴族の青年が立っていた。絶世の美男子だった。

ユージンが振り返って微笑む。

「今夜は私の婚礼前祝いのパーティーにようこそおいでくださいました。主催者のユージン・ウェスピィ・フージ・ディ・ノヴァンノーヴェでございます。ご明察の通り、我ら紅鷹一同でございます」

「左様でしたか。お招きいただき感謝いたします。アリギエーリ領主ロマンティが三男、ジョバンニ・ディ・エマヌエーレ・アリギエーリと申します。勇猛果敢なる人類種族の守り手『紅鷹』の皆様にお目にかかれて光栄の至り――そして、」

美青年ジョバンニは、テラスに足を踏み入れると、半屋外であるにも拘らず片膝をつき、一輪の薔薇を差し出した。

──ダリアに。

「嗚呼──我が麗しのきみ、花のような貴女、美しきダリア嬢。我が婚約者よ。このような突然の推参をどうかお許しいただきたい」

呆然とするダリアの手を取って──世にも珍しい、あのダリアがなすがままに手を握らせている──その手の甲に、キスをした。

「あなたを、愛しています」

ダリアが石のように固まっている。

ユージンが微笑んだまま固まっている。

リンダが両手を万歳して後ろに仰け反るという領主の娘にあるまじき姿勢で固まっている。

ナインだけが、何もかもを諦めた顔をして、微笑んでいた。

「んな～～お」

テラスの柵に登って、黒猫が夜空に鳴いた。

ジョバンニ青年は、とてもイイヤツだった。

「僕は、紅鷹の皆様のファンなのです」

彼は少し恥ずかしそうに、紅鷹の面々に語った。

「皆様が倒したいくつもの〝竜〟。『邪竜討伐依頼』。その記事をギルドの新聞で読むたびに、胸が熱くなります。召し抱えの作家に、皆様の記録をまとめた冒険譚を書くよう命じているところです。題名はそう、『紅鷹の旗』」

実直そうで、裏表のなさそうな雰囲気で、どこか人懐っこいのは、貴族の三男坊が備えた気質だろう。長男ほど厳しく育てられることもなく、次男ほど長男と比べられることもなく、のびのびと両親と兄たちに愛情を注がれて育った、気のいい青年だった。

「皆様はこの大陸に生きる全ての人類種族の、希望の星です。大陸はいまだモンスターの脅威に晒されながらも、諸国は一致団結しようとはしない。しかし、冒険者ギルドは違う。国家の枠を超え、人類種族の敵に真っ向から立ち向かっていく。時には、国や同じ人間たちに足を引っ張られながら、それでも先頭を切って戦場に赴く――。僕には到底できない。だからせめて、兵士を見送る民衆がそうするように、あなたたちに旗を振りたいのです。祖国ではなく、人類種族の旗を。冒険譚をしたため、歴史に残すのも、その一環なのです」

そして、手を放されたものの、いまだ固まっているダリアの目を見て、

「ダリア嬢――。貴女が待てと言うのなら、僕はいつまでも待つつもりです。もしも貴女が、この大陸から全ての〝竜〟を滅ぼすまで身を固めるつもりはないと仰るのであれば、僕は生涯独身を貫きましょう。僕は貴女の隣では戦えない。けれど、貴女が帰ってくる場所――貴女の大切な故郷を守ることはできる。どうか、ダリア嬢。どうか、私の愛を疑わないでください」

それから最後に、ユージンに「ご結婚おめでとうございます」といった意味の言葉を告げて、青年は去っていった。

後腐れなく、特にしつこくもなく、しかし言いたいことだけ言って、颯爽と去っていった。

テラスに残された紅鷹全員の硬直が、ようやく解除された。

☆

「ちちちちちがうんだ、違うんだよ、ナインくん！」

「はぁ……」

「ジョバンニ氏とは何でもないんだ。一度会ったことがあるのだけど、今日再会してようやく顔を思い出したくらいなんだ。何でもないんだ、何でもないんだよ。婚約だってしてないんだ。なにか勘違いしてるみたいなんだけど」

「はぁ……」

「本当は、お見合いでもう一度お会いして、丁重に断るつもりだったんだ。それがまさか今日、突然会ってしまうなんて……！」

「はぁ……」

めちゃくちゃ慌てて手と首を横に振るダリアを見て、何をそんなに焦っているのだろうこのひとは、とナインは思う。

お見合いで会うつもりだったのなら、手間が省けて良かったのではないか。

ダリアのお見合い相手は、とても良い人だった。

嫉妬するどころか、共感を覚えるくらいに良い人だった。

彼はダリアの隣で戦えないことをよくわかっている。

だが彼なら、ダリアの帰るべき場所を守れるのだ。

それは——とても良いことなのではないだろうか。

「……もちろん、ジョバンニ氏が、ナインくんを牽制してああ言った可能性もある。ダリアくんの隣で戦うことのできるナインくんを意識してね。そのことは忘れない方がいい」

難しい顔をして、ユージンがそう口を差し挟む。「これを言うのは公平じゃないんだがな」と彼が思っていることをナインは知らない。

「牽制……？」

そんなことする必要ある？　とナインは首を傾げ、

「そんなふうには見えませんでしたが……」

ユージンが難しい顔をしたまま、

「……実は俺も、そんなふうには見えなかった。氏は、たぶん、実直で素直な人柄だ。きみに似ているな」

「あ、そうですよね。僕も……なんか、親近感を覚えて……」

ダリアが泣きそうな声で、

「に、似てないよぉ……！」

「顔や背丈はもちろん似てないんですが、」

自分はあんなに整った容貌じゃないし背も低い。

「考え方が……。僕はダリアさんを戦場で守りたくて、あの方はダリアさんを領地でお守りしたい……のかな？　って」

「えぇえ……えぇえぇえ……」

ダリアが困りに困って「どうしようどうすればいいの」とリンダを見ると、

「…………」

異国の王侯貴族に招待された会食で『虫の料理』をお出しされたときの顔をしていた。眉間に思いっきりしわが寄り、唇が見えなくなるくらい口をすぼめている。

『これは食えない』

『食えないとか領主の娘が言ったらいけません。いやそうじゃなくって！』

『なんなのアレ。完璧すぎるでしょ。無理だよ無理。私だって結婚したくなっちゃったもん』

『あげるから！』

『あげるから、とか失礼なこと言ったらいけません』

『ごめんなさいジョバンニ氏ー！』

姉妹が通信魔術で漫才を始める横で、

「ナインくん、つかぬことを尋ねるが」

「はい」

「……きみ、結婚願望はあるのか？」

ダリアと結婚したいか、と遠回しに訊いてみたつもりだった。ちらっと彼女に視線を向ける仕草までした。ダリアの耳が一回り大きくなったように見えた。

しかしナインは、

「ありません」

即答だった。

「僕は、〝竜〟を滅ぼすまで——皆さんとの冒険が終わりを告げるまで、ダリアさんと星の彼方に辿り着くまで、結婚するつもりはないです」

逆効果だった。

ダリアにとどめが刺された。

「無理ー無理でーす。食えませーん」

リンダがいっそ笑いながら手を上げた。降参です。外堀がどんどん埋められてくもん。ダリアがどうにかしない限り、もうウチらじゃなんもできませーん。という意思表示だった。

そのダリアだが、

「うう、そう、なのか、ナインくん……。きみは……とても、立派だ……」

泣きそうになりながらナインの両肩に手を置いて項垂れていた。期せずして、ナインの視線からはダリアの開いた胸元がくっきり見えていたが、いまのこいつはその程度じゃドキドキしたりしない。ダリアに欲情を抱くのは不謹慎である、とすら思っている節があった。拗らせ過ぎたのだ。

「あーこんなとこにいたー!」

そこへ今夜のもう一人の主役がやってくる。

「もーみんなー? 仲良しなのはいいですけど、私のジンをいつまでも取らないでー☆」

主役の片割れを取り返しに来たナオに引っ張られながら、ユージンが「すまない、すまない」と詫びていた。

「ダリアさん、寒くなってきましたから、中に入りましょう」

「……うん」

ナインが、ジャケットをダリアの肩に着せかけた。うわ、とダリアは思う。手の甲にキスされるよりドキドキするのはなんでだろう。

「や、優しいね、ナインくん……」

「いえいえ、ユージンさんの真似をしているだけです」

にっこり微笑むナイン。

それならちょっと口説いてくれないかなあ、とダリアが期待しているとは微塵にも思わない。

リンダは「食えねぇなぁ」と呟き、エヌが「んくわぁ～」とつまんなそうにあくびをした。

前祝いの夜は更けて――。

翌日。

ユージンとナオの、結婚パレードが始まった。

そして、事件は起こった。

半ば王室を出たといっても、ユージンはノヴァンノーヴェの第三王子であることに変わりはない。

ノヴァンノーヴェ王室は『公の行事ではない』としつつも、実質的には王族のそれと遜色ない規模の結婚パレードを催した。

自国の王子様、そして大陸冒険者ギルド最強パーティのリーダーであるユージンの人気は絶大なものがある。結婚相手のナオ・イーストマントも有力貴族の娘であり、上流階級の華やかなパレードは、城下町を含む王都全体を大いに賑わせた。

お祭り騒ぎだ。街中の至る所にノヴァンノーヴェの国旗やギルドの旗が立てられ、通りに面した家々から紙吹雪が舞い散る。その下で人々の歓声を浴びるのは、大通りをゆっくりと進む新婚夫婦の、白馬に牽かれた儀装馬車である。

「おめでとう！」

「おめでとう王子様！」

「ユージン様ー！」

「お幸せにー！」


「お姫様ー！」

「なんてお綺麗なんでしょう！」

「あのお姿でＡ級冒険者なの？　まぁすごいわ！」

「お二人とも末永くお幸せに！」


「ノヴァンノーヴェとギルドに繁栄あれー！」

「万歳！　万歳！　ノヴァンノーヴェ！」

「万歳！　万歳！　大陸冒険者ギルド！」


人々に祝福されて、ユージンとナオは彼らに手を振って返す。二人とも慣れたもので、微笑みを絶やさず、左右まんべんなく手を振っている。

馬車の後ろで、儀仗兵として立つのは、ナインとダリアである。国の公式行事ではないため、王室近衛兵ではなく、紅鷹の前衛が担当したのであった。実質、大陸最強の二人に警護されて

ダッシュエックス文庫
黒猫の剣士2
～ブラックなパーティを辞めたら
S級冒険者にスカウトされました。
今さら「戻ってきて」と言われても
「もう遅い」です～
妹尾尻尾　イラスト／石田あきら
集英社

『ショップ』スキルさえあれば、
ダンジョン化した世界でも
楽勝だ4
～迫害された少年の
最強ざまぁライフ～
十本スイ　イラスト／夜ノみつき
集英社

いるわけで、そこらの王侯貴族の式典よりも遥かに堅固な護衛であると言える。

ダリアはいつもの赤い魔導鎧だが、少しばかり装飾が施されていた。ギルドや各国で受けた勲章をつけているのだった。

一方のナインの方は王室から借り受けた儀仗兵の制服で、サイズが微妙に合っていないにも拘らず、がっちりした肉体のため結構似合っている。ダリアがまた「うわ……」と言ったままぼうっとしてた。

とはいえ二人だけの警護ではない。馬車の周囲にも儀仗兵が立ち、馬の歩みと共に行進しているし、狙撃警戒兵が周囲の建物あちこちに配備されている。街の空には使い魔の光鳥やら羽虫やらが飛び交って一分の隙もない。当然、リンダも警戒配置についている。同じ狙撃手として、どこからが一番撃ちやすいかを考慮して。

――まぁ、万が一撃たれようが、ぜんぶナインくんが斬り払ってくれるでしょ。

と全幅の信頼を、緊張で割とガチガチになっている少年に預けていた。

そのナインは、

「………ふぅ」

息を吐く。慣れない仕事は疲れる。

「大丈夫かい？」

隣で、ダリアがまっすぐ前を向きながらそう訊いてきた。

ナインもまた、姿勢を正面に保ちつつ、

「はい。皆さん、凄(すご)いです。さすが貴族の方々ですね」

「なぁに、きみだってもう似たようなものさ」

——ナインくんの結婚パレードだってこのくらい派手になるよ、きっと。

そう言いかけて、彼の相手は誰になるんだろうと想像した。自分……だったら……いいな
……ふふ…………。

『ダリア、気ぃ抜いてんじゃない』

『……すまん』

うっかりにやけていたのをリンダに見られていたらしい。きりっとしなければ、きりっと。

そう思って頰の緩(ゆる)みを引き締めたとき、

「ダリアさんの時も」

隣から淡々とした声が聞こえた。

「僕が、しっかりお守りしますので」

どういう意味だろう？

いま目の前で手を振っているユージンやナオのように馬車の上で隣り合うことを想定してい
るとは思えない。で、あれば、彼は自分が別の男性とこうしてパレードをすると思っているの
だろうか。

別の男性――。

あ。

『ダリア、よそ見しない』

『…………すまん』

うっかりナインの方を見てしまい、またリンダに怒られた。ていうかあいつ、自分の方ばっかり見てないか？　ちゃんと怪しいやつ探してる？

ナインの誤解を解きたいけれど、今は難しい。まさかこの状況で何者かが仕掛けてくるとは思えないが、今の自分はユージンとナオの護衛だ。

自分のことは後回し。

友人たちを守るのが仕事だ。

隣にいるナインは、一度もダリアの方を見ようともせず、ただただ護衛に徹していた。

さすがだ、と心中で頷いた。

☆

ノヴァンノーヴェ王都が『結婚パレード』という華やかな光に照らされている。

強烈な光は、深い闇を生む。

それがエヌの毛並みのような愛らしい漆黒であれば良いのだが、人と〝竜〟の生み出す闇は果てしなく濁っている。

標的は、王子と花嫁ではない。

ナインとダリアでもない。もちろん狙撃手でもない。

やっと尻尾を見せた――やつだった。

☆

ヴァルムント教星聖竜騎士団団長ニール。

彼もまた、結婚パレードに呼ばれていた。表向きは、ヴァルムント教とギルドは友好関係にあるためだ。

ノヴァンノーヴェ王都に訪れ、形式的な挨拶をユージンと交わしたニールは、パレードの馬車が通り過ぎるのを、連れてきた四名の神官と共に、離れた橋の上から見送った。

「人と人の営みとは……興味深いものだな」

仮面を被ったような笑顔で民衆へ手を振る新郎新婦を見て、仮面を被った武人はそう呟く。

自分にも、あのような未来があったのだろうか。

――ふ。くだらぬ感傷だな。

「行くぞ。神殿へ帰還する」

踵を返し、神官を連れて、その場を立ち去った。

☆

――う～～～ん、ユージン！　立派になったねぇ！　お兄さんは嬉しいっ！　☆

と、結婚パレードをこっそり陰から眺めていたピエロッタが心中でくねくねしながら喜ぶ。

弟分かつ、現在の主の晴れ舞台。この目で見ないなんて選択肢はまさかまさか有り得ない。

ちゃあんと拝ませていただきましたとも。

――幸せにな。少しの間だけでも、ギルドも冒険も〝竜〟もヴァルムント教も忘れて、幸福に過ごすといい。

その目は道化師でもなければ、冒険者でもない、ただの『兄貴』のそれだった。

――ん～～ボクちゃんはまだ内偵中ですけどねぇ～～～☆　お前の命令通りに～～～～☆

あーもー！　また寒いとこだよ！　クソッ！　リア充爆発しろッ☆

祝いつつも呪いをかけることを忘れない。

こちらの仕事はまるで終わる気配が見えない。

まず第一に、ヴァルムント教本部の『直通魔術陣』の在処を探ること。

天然の要塞(ようさい)。雪と氷に包まれた砦(とりで)。辿(たど)り着くのに雪山の吹雪(ふぶき)を乗り越えて約半日。

——ってそんなワケあるかいっ！　☆　絶対直通あるっしょ。間違いない。

麻薬の運搬や教皇の移動など、毎回あの厳しい雪山ルートを通っているはずがない。神殿(ほんぶ)のどこかに必ずあるはずなのだ。転移魔術陣が。

一体どこなのか。それを探るのが今回の内偵の第一ポイントと言えた。

敵陣の奥深くに直接、大量の兵隊を送れるとなれば、敵地攻略において限りなく有利に立てる。ギルドも各国も、それがわかっているから、直通魔術陣の設置場所は極秘であるし、万が一漏(も)れた場合に備えて制限もかけている。

転移結晶なら、自分を含めて四名までなら送り込める。それはすでに記録済み。だが、転移を邪魔する結界に弾(はじ)かれるだろう。いくらあの少年でも、転移中に剣術は使えまい。ゆえに現状、最も近い位置に飛べるとしても、神殿の外だ。それも、戦力として数えられるのは、自分以外の三名だけ。

——ユージン、ダリア、ナイン。この三人だけを送り込んでも、果たしてニールを倒せるか。万が一、ヴァルムントが不完全な状態でも復活できるのであれば、まず勝てない。

転移結晶が一度に幾つもの場所を記録できれば良いのだが、ユージンの魔術でもそれは不可能だ。その生命体が持つ魔力の流れを印として刻むのだが、どういうわけか、二つ目の転移結晶に印を刻むと、一つ目の転移結晶が使えなくなるのである。

転移結晶による瞬間移動は、一人につき片道一回のみ。転移できるのは自身を含めて最大四名まで。

ピエロッタは現在、ヴァルムント神殿に記録してあるから、転移結晶ではノヴァンノーヴェには戻れない。

とはいえ、ピエロッタと冒険者がもう一人――例えばリンダ――がいれば、ヴァルムント教本部とギルドを行き来して少しずつ人員を送り込むこともできる。行きはピエロッタの転移結晶、帰りはリンダの転移結晶。二人ずつ送り込んで、敵地深くに隠し陣地を作るとか――あの雪山に？

神殿の結界近くに？

魔力探知がないとでも？

というわけで陣地を悠長に作っている暇はない。敵の目の前で城を一日で建てるようなものだ。ハリボテかっつーの☆

敵にバレずに送り込めるのはせいぜいが十数人だろう。紅鷹と同レベルのS級パーティ三個小隊といったところか。

それでニールとヴァルムントに挑む。

まだ厳しい。

片方を削ろう。つまり――ヴァルムントを目覚めさせなければいい。

ここで二つ目の命令。

ヴァルムントを復活させる方法が『祈り』以外にあるはずだからそれを探り出せ。

ピエロッタは心中で深いため息をつく。

あるかもどうかもわからない敵の手の内を探っているのだ。悪魔の証明とはこのことである。

とはいえ——ピエロッタも理解している。

必ずある。

いくらバハムート教からの攻撃と干渉がなくなろうと、いくら麻薬で信徒を増やそうと、『祈り』だけで数百年かけてヴァルムントを復活させようだなんて本気で思っているはずがない。

ナイン少年という、本来なら有り得ないジョーカーの存在が発覚したのはつい先日だ。ムゥヘルを斬るまでだぁれも知らなかったのだ。最初から気づいてたらギルド（っていうかダリア）より早く接触していたはずなのに、その痕跡は見られなかった。彼はアイラスに騙されてパーティを組むまで、山で修業していた。

何かがある。ナインに頼らないヴァルムント復活のための鍵が。

そう、ピエロッタは確信している。

だがまさか——その鍵が自分自身であるとは、夢にも思わなかった。その時までは。

「この辺りが良いか」

先頭を歩いていたニールが立ち止まる。

場所はノヴァンノーヴェ王都。結婚パレードの馬車はすでに通り過ぎ、歓声や喧噪からも遠く離れた、水路の脇。

誰もいない――ニールと、神官たちと、神官に扮しているピエロッタ以外は。

神官たちはフードを被って顔を隠して、俯いている。誰もニールのことを見てはいなかった。ただ黙って、彼の後をついてきただけだ。あの雪山の奥深くにある神殿から、そりと馬車を使い、かの国の王都から転移魔術陣で跳び、ここノヴァンノーヴェまで付き添った。

ニールが告げる。

「これより、神殿内部へ跳ぶ。貴様らの忠義、教皇様へ必ずや伝えよう」

騎士団長が籠手を外す。

神官たちが、神への祈りを唱える。邪竜王ヴァルムントへの、祈りを。

そうして。

一人ずつ。

消えていった。

ばさ、ぼふ、と神官の着ていた衣服のみが、その場に落ちる。中身だけ消滅したのだから当然だ。そしてそれを行っているのは、

――ニール！

ピエロッタが顔を上げる。その時にはもう、

「がっ……！」

彼の胸を、ニールの手刀が貫いていた。

「ようやく隙ができたな、道化師。主の祝言を見届けて気が緩んだか」

「な、なにを……？　騎士団長殿。何をなさるのです……？」

「神官ならば知っておろう？　儀式である」

心臓を貫かれている。

「神殿内部の魔術陣、その場所を知るのは我一人のみ。神官たちは、元よりその覚悟でここまでついてきたのだ。貴様以外はな、道化師」

手刀を抜いた。胸から、そして口から勝手に血が噴き出る。

「ぐふっ……！」

膝をつくピエロッタ。そしてニールの手のひらを見る。そこにある、異形を見る。

奴の掌に『口』があった。

びっしりと鋭い牙の生えた、獣の口だ。竜の口だ。

――こいつは、これで、神官たちを……！

吸い取ったのだ。身体を。魔力ごと。

そして――自身の魔力へと変換したのだ。

なぜか。

「ヴァルムントを蘇らせる、その方策――。知りたがっていたようだが、貴様に教えるわけにはいかんな」

笑いながら、ニールが仮面を外した。

何を言ってやがる、とピエロッタは思う。それがもう答えではないか。

仮面の下にあったのは、なんてことはない、人間の顔だ。五〇を過ぎた男の素顔だ。傷跡はあるものの、戦士の貌である。だが、

「貴様……その眼……！」

目を見ればわかる。金色の虹彩、縦に裂けた漆黒の瞳孔、ヒトならざるモノの瞳。

〝竜〟だ。

――こいつが、ヴァルムントだ。

その『分体』だ。〝竜〟が人間になりすまし、社会に溶け込んでいる。己を崇める教団を隠れ蓑に使い、自身の『本体』の封印を解こうと暗躍している。そして――！

「さらばだ、我が息子よ」

遥か昔に自分を捨てた、実の父親だ――。

「我がもとに還るがいい」

ニールのかざした掌に、ピエロッタはなす術もなく摑まれ、そして――消え去った。

まるで、吸い込まれたかのように。

☆

仮面を外したニールが、ぺろり、と舌を舐める。たったいま捕食した実の息子の味を確かめるように。

「ふむ――。まるで味がない。所詮は『無能』というわけか」

人間の娘との間に作った子供――その一人。

魔力のある者は生まれたその場で捕食し、そうでないものは殺したはずだったが、たまにこういった生き残りがいる。

そしてこの生き残りを始末することこそ、ギルドおよびユージンに対し、ヴァルムント教の中枢を見せ、ヴァルムントの本体があることを教えた目的だった。

ヴァルムント教が邪竜王を目覚めさせようとしていると知れば、あのユージンは、必ず道化師を送り込むと踏んだのだった。目論み通りである。

ニールは、ピエロッタの存在が目障りだったのだ。

自分がギルドにおいて最も危険視していたのは、誰よりもこの道化師だ。紅鷹などただの武力集団に過ぎない。あの程度のパーティならば、本体を目覚めさせるまでもなく、この『ニール』だけで十分に勝てる。

だがあの道化師は得体が知れない。まさか『無能』として殺そうとした息子だとは思いもしなかったが、そうだとわかれば納得である。〝竜〟であれば、魔力を用いない神秘も使えよう。奴は手品などとほざいていたが。

そしてもう一つ。

もし万が一、あの斬魔の小僧――ナインの説得に失敗した場合、体を乗っ取る必要がある。その際、この『ニール』の肉体から一時的に精神が離れる。そしてその時、同じ息子であるピエロッタがその場にいたなら、奴の体の方に引き込まれる危険性があった。

囮・餌として召喚したウィドレクト戦において、一度に二人の息子を見つけた時は驚いたが、所詮、人類種族など取るに足らない生き物だ。

偽りの神を崇め、目先の欲望に手を出し、我が掌の上で踊り、そして喰らわれるだけの餌に過ぎない。

――本命はバハムートだ。

まずは本体を封印から解き、この大陸に生きる全ての人類種族を喰らう。

そして、いずこかに眠っているであろうバハムートの本体を叩く。奴が目覚める前に。

そのためには、

「もう一人の我が子へ会いに行くか。感動の再会というやつだ」

くくく、と『ニール』は嗤う。

神官たちの衣服を魔術で跡形もなく燃やし、その場を後にする。

トランプが一枚、ひらひらと落ちて、水路を下っていくのは気がつかなかった。

「危ねぇぇっぇぇぇぇ————!! 死ぬかと思った——————!!!!」

ぽん、と『とある場所』のトランプが弾けて、身長二メートルで白いタキシード姿で顔に白粉を塗ったピエロメイクの男が両手を高々と上げて突然現れた。

「ピエロッタ復活ッッ! ピエロッタ復活ッッ! ピエロッタ復活ッッ! ピエロッタ復活ッッ! ピエロッタ復活ッッ! ピエロッタ復活ッッ! ピエロッタ復活ッッ!」

自分で叫ぶ。

いや本気で死ぬかと思った。だからこその絶叫である。自分が生きていることを確かめたい、その一心である。

心臓を貫かれたが、あれは自分の心臓ではない。こんなこともあろうかと用意していた『牛の心臓』である。創作手品『ピエロ☆危機一髪』が発動したのだ。奴が潰したと思った心臓は牛のそれである。フハハハハ、マヌケめ!

ところでここはどこだろう。

ふと目を下ろすと、今まさにシャワーを浴びてきたばかりですといった感じで裸にガウンを羽織っただけのユージンと、今まさにシャワーを浴びてきたばかりですといった感じで裸にガウンを羽織っただけのナオが、二人揃(そろ)ってベッドに腰かけていた。

今まさに、キス、しようとしていた。

そういえば緊急避難所――マジで本当にヤバいときに寿命を十年くらい削って使う超緊急転移魔術の避難所は、ユージンの寝室だった。

目を瞑(つぶ)るナオの顎(あご)に手を当てて、ちょっと顔を上げさせていたユージンを見て、ピエロッタは首を傾(かし)げる。

「…………初夜？」

「「出ていけ」」

新婚夫婦らしい、実に息の合った一言だった。

☆

ナインはヴァルムントの息子である。

ヴァルムントは数百年前から封印されている。

ナインは十五歳である。

この矛盾(むじゅん)——解消するにはいくつかの仮説が必要だ。

そのうちの一つが、『分体』。

封印される前に、自身をいくつかに分裂させ、散らばらせておく〝竜〟の秘術。

ナインの父親は、その分体の一つではないかという仮説だ。

で、あるならば、ナインに似た雰囲気を感じたピエロッタもそうである可能性は高い。

ナインとピエロッタが異母兄弟である可能性だ。

つまり、ピエロッタもまた——ヴァルムントの息子であるということ。

「いやあ、母ちゃん、相手のことは全然知らねぇっつーからさー。俺っちもびっくりよ☆」

ヴァルムント復活のための鍵。

まさか——その鍵が自分自身であるとは、夢にも思わなかった。ユージンにその可能性を聞くまでは。

人間に化けた『分体』による、魔力補給。

『祈り』なんかよりももっと直接的で、効率の良い補給方法。

その仮説を証明するために、ユージンはピエロッタを送り込んだのである。釣り餌(えさ)として。

「いっそそのまま食われてしまえばよかったのに……」

着替えたユージンはがっくりと項垂れながら半ば本気でそう思う。愛する人とようやく結ばれると思ったら、突然ベッドの横に奇怪なピエロ男が出現して「復活ッッ！」と連呼したのである。マジで殺してやろうかと思った。ナオがベッドの下に隠していたハルバード（伸縮式）でマジで殺してしまいそうだったのを必死で止めた。止めなければ良かったと思う。

怒り狂ったナオの猛攻はすさまじく、ユージンの部屋にあったありとあらゆるものが木っ端微塵に破壊され、おかげで彼の寝室は竜巻が通った後みたいに荒れ果てて、挙句ナオは「実家に帰らせてもらいます!!」と見たこともないような憤怒の表情で止める間もなくテレポートしてしまった。いくら通信魔術しても出ない。ユージンが誕生日プレゼントとしてナオに貰ったブレスレットをトロールに飲み込まれたままうっかり倒してしまって永久に消え去った時よりも怒っている。

結婚初日で離婚の危機である。ピエロ離婚である。

今すぐ花束を抱えて彼女の実家に出向くのが最適解だと思われる。

思われるが、とりあえずこのピエロ野郎をどうにかしなければならない。ユージンは荒れ果てた部屋のベッドの残骸に腰かけ、ナオのげんこつで顔をぼっこぼこにされて正座しているピエロッタに尋ねた。

「お前が生きていたことは喜ばしい。緊急避難所に俺の部屋を選んだのもわかる。だがなぜ事前に知らせておかなかったんだ？」

「びっくりさせたくて☆」

殺意が芽生えた。十五分ぶりに。

「……ふー。落ち着け、落ち着け、俺。ここでこいつを殺してもメリットはない。聞くべきことを聞いてからでも遅くはない」

「何その捕虜相手に尋問するみたいな言い方！」

「尋問じゃなくて拷問だ」

「もっと酷いっ！　まぁ聞けよユージン。奴の狙いがわかったんだって」

「いま聞いた。ナインくんだろう。はぁ、やれやれ……」

ナオのところに今すぐ行きたいんだけどなぁ、といった顔でユージンが天井を見上げる。初めて気づいた。天井にまで穴が開いていた。穴から金糸のような髪の毛が垂れ下がっているのと、上の階が見える。上の階から、顔を覗かせている彼女が見える。

「……ナオ」

その天井の穴から、ナオがこちらを窺っていた。実家に帰ると言ったのは嘘だったのか、一旦実家に帰ってから再び戻ってきたのかはわからない。

ただ、今日結婚したばかりの愛する妻が、可愛らしい顔をむっつりとさせて、自分とピエロを見下ろしていた。

「……行くの？」

ユージンはただ一言、

「……すまない」

ピエロッタが窓を見て「にたぁり」と笑う。

「修羅場だね☆」

誰のせいだと思っているのだろう。

☆

同じ夜。

ダリアには約束があった。

見合い相手――ジョバンニ氏と会う約束だ。

彼が明日の朝早くに帰国するので、この機会にぜひお会いしたい、ということだった。まぁちょうど良い機会だし、これで義理を果たして後で断ろう、そう思ってダリアは承諾した。

二人きりではない。義姉のリンダが付添役として同席した。それも承諾した理由の一つだ。

ユージンとナオの結婚パレードは成功裡に終わった。妨害や襲撃などまったくなく、まるでノヴァンノーヴェ全体が二人を祝福したかのようだった。今は二人で、ユージンの屋敷にいるはずだ。

ダリアとリンダも護衛の任を解かれ、今夜はフリーである。やや疲れたものの、会食程度ならこなせないことはない。

ナインは——一人、自宅へと戻った。いや、エヌも一緒だが。

「……ナインくん、平気かな」

会食場所に指定された高級食堂。

魔導鎧を着たまま一足先に訪れたダリアは、ついたテーブルから窓の外を見て、ふと呟いた。

お祭り騒ぎの街は夜が更けてもまだ賑わっている。きっと朝までこの調子だろう。

「平気って、何が？」

隣にいたリンダが訊いてくる。彼女も仕事着のままだ。ジョバンニ氏の希望である。紅鷹のファンである氏らしく、「ぜひそのままでおいでください」とのことだった。戦闘服が見たいのだという。魔導鎧が少々窮屈だが、コルセットよりは遥かにマシだ——とダリアは頭の隅で考えながら、「……なんか最近、変なの。ナインくん」先に帰った彼を想う。声が自然と沈んでしまう。

「訓練の時も、普段話している時も……」

リンダも同調した。

「……ちょっとわかるわ。どこか違和感あるわよね、あの子」

「覚悟が決まったっていうか……。達観してるっていうか……」

「そうそう。それそれ。はじめはダリアとくっつくのも慣れたのかなーって思ったんだけど、どうも違うっぽいし。気にしなくなったっていうか、女として見なくなったっていうか……あ」

最後の一言でダリアが俯いた。ぶるぶるしている。

「やっぱり、私のこと、女として見れないんだ……」

「うーん自業自得でしょうが。とはいえ、どうして急に……ん？　急に？　いつからだっけ？」

「確か……。ナインくんが出自について話してくれた時から、かな……」

「うん。そうよね。彼が——の息子で、それで傷ついて、迷って、それでも話してくれて……」

——あ、そうか。

リンダとダリアは、そこでようやく思い至る。

ナインの性格と、その出自について。

そして今日、ここに二人を呼んだ彼氏について。

仮説。

ひょっとして、あの告白をする前に、ジョバンニ氏からの手紙について、知っていた？

ダリアが貴族男子とお見合いすることになって、でも自分は邪竜王の息子だから、身を引いた？

今日の結婚パレードの時、彼は、なんと言っていた？

『ダリアさんの時も、僕がしっかりお守りしますので』

二人同時に立ち上がった。

そしてダリアは再び椅子に座った。テーブルに突っ伏して、「あああ、違う、違う、違うんだナインくん、違うんだ」と泣きそうな声で弁明している。でもその相手はここにはいない。もう躊躇（ためら）っている場合じゃない。彼の決意を、自分の臆病さが後押ししてしまっている。こうしてはいられない、今すぐに彼のもとに行って――。

そしてリンダはダリアを見下ろす。こうなったらもう、こいつの心情どうこう言っている場合じゃない。鬼になる。自分は鬼になる。妹のケツを引っぱたいてでも、首根っこ掴んででも彼のもとに連れていって――。

自分（ダリア）は、ナインに、告白しなければならない。

「ダリア」

「リンダ」

「なおーう」

鳴き声がした。

振り返る。

エヌがいた。

ナインにくっついているはずの、エヌがそこにいた。

『話があるわ。赤毛の女』

そしてどこからか、声が聞こえた。なんというか――実に不遜で、上から目線で、この世の何よりも自分が偉いという確信がある女の声だった。気難しくて、冷徹で、自分が認めたただ一人以外は決して気を許さない――そんな女の声だった。

通信魔術だ。何者かが、ダリアに通信魔術をしている。だが有り得ない。こちらが許可していない相手からは、通信魔術が届くはずがない。

『無理やりあんたの通信魔術にねじ込んでるの。長くはもたないから黙って聞いて』

『――きみ、あなたは、もしや』

ダリアは目の前にいる黒猫に、訊いた。

「エヌくん……？」

黒猫はその金色の瞳をじぃっとダリアに向けて、

『前々から思っていたけど、せめて「さん」付けにしてくれるかしら。あんたが誰に対しても「くん」付けなのは知っているけれど、私のことは「さん」付けで呼びなさい。「エヌ様」でもいいわ』

そう、ダリアに伝えた。

「えぬさま……」

「え、え、なに？　どうしたのダリア？　エヌちゃんがどうしたの？」

呆然と呟くダリアと、そんな義妹を心配そうに見つめるリンダ。

ジョバンニ氏は、まだ来ない。

ナインも当然、来てはいない。

ただ、ナインと一緒にいるはずの黒猫だけが、ここにいるのであった。

☆

少し前。

護衛の任務を無事に終えたナインは、エヌと一緒に自宅へ戻った。

借りている衣装を脱ぎ、丁寧（ていねい）にハンガーラックにかけた。それから奥の武器部屋へ行き、腰に提（さ）げていた黒刀を抜いて、手入れをする。

ユージンから通信魔術（コール）が届いた。

「…………」

「んなぁーお」

リーダーと会話を終えると、ナインは作業台の椅子から立ち上がり、武器の確認をする。いつもの日課だが、今日は特に念入りに。

刀は予備も含めて三本、投げナイフは十二本、隠し小刀はブーツの中、煙幕は五筒、義手はこれ、あとはなんか、音を出すやつとか、眠らせるお香とか、いろいろと。

かつて父さんに教わった通りに。

黒刀をランプの光にかざす。父さんから受け継いだこの刀はおそろしく頑丈だ。今日は何も斬らなかったが、念のために手入れをしておく。刃ももちろんだが、目釘(めくぎ)の確認は忘れずに。

意外とこういう所に支障が出やすい。

ナイフを一本ずつ確認する。問題ない。念のためにカミソリとペーパーナイフも用意してある。

暗い部屋の中で、植物油ランプの仄(ほの)かな光に照らされながら、ナインは淡々と武器の手入れを行っている。

三本目のナイフを作業台に置くと、ふと呟いた。

「ダリアさんとリンダさんは今頃、ジョバンニ氏と会ってるのかな」

彼女らがジョバンニ氏と会食する予定があることは聞いていた。

「みゃーお」

ちょっと訊きたいんだけど。

「なに?」

ナインにだけ通じる猫語(ことば)でエヌが、

「あなたたち、どうして交尾しないの?」

「ぶほっ」

「人間がめんどくさいのは知ってるけど、どうせ両想いなんだから、とっととしちゃえばいいじゃない。年中発情期なんでしょ？」

「りょ、両想い……？　違うよ、エヌ。そんなんじゃない」

「違う？」

「――僕は邪竜王の息子で、ダリアさんは人間のお姫様だ。ジョバンニ氏が言うには、聖女の生まれ変わりだって話もある。僕じゃ釣り合わないよ」

　ぷすー、とエヌが鼻から息を吐いた。ため息をついたのだ。

「くっだらないわ」

　こう続ける。

「ああ、あなた、あの手紙を読んだ時、そう思ったの。なんか変だなとは思っていたけれど――。はぁ、本当に、人間ってば、くだらないことを気にするのね」

「……仕方ないだろ。大事なことなんだよ」

「本当に大事なのは、他人の目や世間体ではないのではなくて？」

「どういう意味だよ……」

「肉体が求めている。生殖したいと希っている。精神もそう。あの生き物を自分のものにしたい。そう思っている。それに従うことのなにがいけないのかしら？」

「人間社会は難しいんだよ。それに、そもそも……」

自分は半分人間じゃないんだ。それが一番問題なんだ。

ふっ、と黒猫が鼻で笑う。

「ちゃんちゃらおかしいわ。あなたたちは二人とも逃げているだけ。それも、恋愛対象からじゃなく、自分からね。ナイン、あなた、あの赤毛女を守るとか達観しているつもりでいるけれど、自分の出自を話した程度で『やり切った感』出しちゃってくれてますけど、」

エヌが厳しい目で、言う。

「あなたの『弱い心』は、全然これっぽっちも斬れちゃいないわ。ただ撫でただけ。あなたの中にはまだ、『弱い心』が生きている。なぜ殺さないの？　なぜ、戦わないの？」

「──戦ってる。僕は、ずっと！」

ナインが反論する。久しぶりの兄妹喧嘩だ。

「僕は半分人間じゃないんだ！　ダリアさんが好きだから、僕は心を殺してるんだ！　あの人の隣にいるのは僕であるべきじゃない！」

「いいえ違うわ！　だったらなぜそう赤毛に話さないの？　赤毛女が好きだから？　都合のいい言い訳だわ！」

そうじゃない、なんでわかってくれないんだ、エヌ。

「もし、もしも、ダリアさんが僕のことを好きでいるのなら──」

ナインが絞り出すように、

「そんなひとに、僕が、『あなたを好きだけど、あなたに相応しくないから身を引きます』って、そんな酷いことを言えるはずがないじゃないか！」

「台詞が違うわ、ナイン」

エヌが、言う。

「『僕はあなたに相応しくないけれど、それでも僕はあなたが好きです』。――ナイン、あなたはそう言うべきなのよ」

言えるわけがない。

だって。

「……そんなことを言っても、困るのはダリアさんじゃないか」

「何も。何も困らないわ、ナイン」

黒猫の尻尾がくるりと動く。きらきらの金瞳がナインを見る。

優しく。

「半分人間じゃなくても、貴族じゃなくても、魔力がなくても、きっとあの赤毛は、あなたを選ぶわ」

今度こそ、自分の言葉を信じてほしい――エヌはそう思う。

何度話しても、ナインは剣術の修業を辞めようとはしなかった。あの家族たちはあなたを捨てない、裏切らない。そう何度伝えても、彼は手のひらを真っ赤にして、マメを潰して、柄が血で染まって、いくら洗ってもその染みが落ちなくて、それでもナインは剣を振り続けた。

ただ居場所を守るために。

今もきっとそうなのだ。

紅鷹の前衛であり、ダリアの隣で戦う剣士。

大好きなひとたちに囲まれて、自分が磨いた技能で活躍できる場所。

自分が自分として認められる居場所。

自分を誇れる場所。

それを守りたくて、彼女への想いを断ち切ろうとしているのだ。

でもそれは違う。きっと違う。人間社会がどういうものか、エヌも完全に理解しているわけではないけれど、あの赤毛はきっとナインを選ぶ。

自分と同じように。

自分と同じ匂いを感じるから、わかる。

たとえ世界を敵に回したって、あの赤毛はナインを選ぶ。

だってあの時、そう言ったでしょう?

――たとえきみがヴァルムントに操られても、私はきみを見捨てない。私たちは仲間だ。私たちは家族なんだ。

しかしナインは、目を背ける。

「そんなの……信じられないよ……」

ああ、とエヌは項垂れた。

――もう私の言葉は、あなたに届かないのね。

自分ではもう、ダメなのね。

エヌの耳が、尻尾が、だらりと垂れ下がった。

部屋が静まり返る。もう何も話す者はいない。どちらも言葉を発しない。

その意味がないと、悟ってしまったから。

「…………」

「…………」

ふい、とエヌが背を向けて、窓際に丸まった。話しかけるな、とその背中が言っている。

「…………」

喧嘩なんてしたくなかった。どちらも。

ナインが寂しそうに彼女の背を見た、その時だった。

かんかん、と扉が叩かれた。玄関のドアノッカーだ。

玄関に備えつけられた魔石を用いて、通信魔術の使用が提言される。ナインが許可した。

『――夜分に失礼する』

声の主は、
『ヴァルムント教星聖竜騎士団が団長、ファヴィオ・ニールだ』
静かに、
『剣士、ナイン殿。貴殿と話がしたい。よければ少し、外に出られるかな？』
そう告げた。

　自宅を出たナインがニールに連れていかれたのは、街の水路の脇だった。誰かがランプでも落としたのか、焦げ跡がある。

　ナインとエヌ、そしてニール以外は誰もいない。

「まず、真実を話そう」

　ニールが仮面を取った。

　顔に傷跡がある、五〇歳前後の男だった。厳しい戦士の風貌だ。

　だが――目が違う。

　金色の瞳。縦に裂けた、深い穴のように真っ黒な瞳孔。

　仮面を取った瞬間にわかった。アレには特有の気配を遮断する効果があったのだろう。だから今までわからなかった。

　彼は〝竜〟だ。そして、『竜の粉』を斬ったあの感覚と一緒だ。あの『視られている』感覚と。

つまり、

「私は、きみの父親だ」


ヴァルムントだ。

淡々と、ナインは答えた。

「――そうですか」

ふ、とニールが笑う。

「驚かないのだな」

「なんとなく、そんな気はしてました」

嘘である。さっきまでまったくわからなかった。

ナインは、微笑んだ。

「でも、会えて嬉しいです。お父さん」

ニールがにやりと笑った。

「もう、己の正体に気づいているようだな。私のことも」

「はい」

「ならば話は早い。きみを、星聖竜騎士団の一員に迎えたい。私の右腕として働いてほしいのだ」

「ヴァルムント教に入れ、ということですか？」

「左様」

頷いて、ニールが歩み寄ってくる。

殺意はなかった。どちらにも。

「きみに会えて嬉しい」

嘘ではない。ニールは、心の底からそう言っていた。それはナインにもわかっている。

「私は、きみをずっと探していた。きみの母親が、きみを連れて逃げてしまったのだ。この私の正体を知り、恐れてな」

「……お母さんが」

「教団に入り、我が本体の封印を解いてほしいのだ。きみにならできるはずだ。その——斬魔の剣術ならば」

ニールがナインの腰に提げられた刀を見る。

「封印を解いたら、どうなりますか？」

「安心したまえ。バハムート教の言っていることはすべて嘘だ。我は、人類種族を滅ぼそうなどとは考えていない。真実は逆だったのだ」

こつ、こつ、とナインの周りを歩きながら、ニールが語る。

「歴史とは勝者が紡ぐもの。我ら〝竜〟は、遥けき彼方の昔に、裏切り者のバハムートに滅ぼされた。彼奴めは、自身に都合の良い信仰を作り上げたのだ。きみたち人類種族が彼奴を神と崇めるようにな」

　ニールはナインの肩に手を置こうとして、しかしナインはそれを避けた。触れさせなかった。

「――ふ、約束しよう。紅鷹はもちろん、ギルド、ノヴァンノーヴェ、そしてすべての人類種族に、危害は加えない。無論、我の力は強大であるからして、動いただけで気象にすら影響が及ぶため、まるで被害がないというわけではないが」

　ナインをじっと見て、

「人類種族を守護すると、誓おう。ヴァルムント教の教え通りに。この大陸に蔓延る魔物、そしてすべての〝竜〟を支配下に置き、共存していこう」

「それは、」

『僕たち』も、と言いかけて、やめた。自分は人間ではない。

「人類種族も、あなたの支配下に置かれるということですか？」

「そうではない。共存と言ったであろう？　これまで神と信仰していたバハムートに、きみたちは支配されてはいなかったはずだ。それと同じことだ」

「つまり、あなたが人類種族の神になると？」

「神ではない。ひとは、その呼称を視えざる者に使いたがるようだからな。いうなれば、我は

〝竜〟の王。『領土なき竜の王』だ。人類種族と共に歩もう」

ナインは右手を顎に当てて考える。

考えるふりをする。

もう、とっくの昔に、答えは出ているから。

「──わかりました」

頷いた。

「父さんに、ついていきます」

ニールはにっと微笑んだ。人間らしく、嬉しそうに。

「そうか」

「僕はどうすれば良いですか？　ヴァルムント教の本部へは、ルニヴーファ王都からそりを使うと聞きましたが。出発はいつです？」

男はマントの下から転移結晶を取り出した。

「今すぐだ。良いかね？」

ナインは頷いた。

「はい」

「申し訳ないが、転移結晶の類はここに捨ててもらいたい。我が砦は結界で阻まれているのだ。きみだけはぐれてしまう」

「わかりました」

素直に従って、ナインは転移結晶を地面に置いた。ニールが〝竜〟の目を使って走査するのがわかった。

魔術の目――否、『竜眼』だ。

同じ名を持つ甘い果物があるらしいけれど、本物の〝竜〟の目はとても美味しくなさそうだった。

そして――ナインは、肩に乗っていたエヌも、地面に降ろした。

「にゃあお」

黒猫は寂しそうに鳴く。

「お別れだよ、エヌ。今までありがとう」

「んなーおぉぉう」

黒猫は、寂しそうに、鳴く。

「僕は行く。本当のお父さんと一緒に、本当の歴史を紡ぎに行く。ダリアさんに、よろしくね」

ナインの目を見て、エヌが心の底からこう鳴いた。

このばか。

「……ごめん」

ニールが、

「その生き物は連れていかなくて良いのかな？」

ナインは苦笑して、

「はい。もともと野生の子でしたし、一人で生きていけると思います」

こう付け足した。

「僕も、一人で行けます」

「左様か。相分かった。では行こう。だが、きみはひとつ勘違いをしている」

ニールが今度こそ、ナインの右肩に手を置いた。

「きみは一人ではない。父がいる」

「……はい」

ナインが左腰に提げた刀を意識したのを、ニールは知らない。確かに父は、ここにいる。

ニールは、ふふ、と笑い、

「本当の名を教えていなかったな」

転移結晶を起動させた。

「お前の名は『ヴァルザック』。誇るがよい。我、竜王ヴァルムントの唯一の息子である」

そうして、二人は消え去った。

黒猫も、もう、その場にはいなかった。

☆

ノヴァンノーヴェ王都・高級食堂。

エヌはダリアに、知りうる限りの全てを伝えた。

ナインがダリアのためを思って身を引いたこと。

ニールがナインを訪ねてきたこと。

そして——ナインがたった一人で、邪竜王を斬るべく、騙されたふりをして、ヴァルムント教総本部へ向かったこと。

『金髪（ユージン）から通信魔術があって、ピエロがやられ、ニールの正体がヴァルムントの分体だと聞いた時、私たちは確信したわ。次の標的はナインだって』

ぷすー、とエヌがため息をつく。

『あんたたちを連れていったら、ニールはナインを本体まで導かない。だから一人で行ったの。その前に、赤毛に気持ちを伝えろって私は言ったのだけれど……反抗期なのね、アイツ。私の言うことを聞きゃしない。ムカつくわ』

『エヌ姐さん……。普段はそういう喋り方なんだな……』

姐さん？　とエヌが首と尻尾を傾げたが、『敬っているのならそれでも良いでしょう』と納得した。

『あの子、死ぬつもりなのよ。死ぬ覚悟で、ヴァルムントと共に行ったわ。刺し違えてでも殺す――そう目が言っていたの』

『それは困る！』

ダリアがエヌに顔を近づける。

エヌは「私もよ」と頷いて、

『でも――私じゃもうダメ。だから、悔しいけれど、あなたに頼むわ』

ダリアをじっと見て、

『ナインをお願い』


ダリアは背筋を伸ばした。

ナインの姉である存在から、彼を頼むと懇願されたのである。

『了承した。必ず、ナインくんを助ける』

黒猫は少し寂しそうに、にゃあ、と鳴いた。信じるわ、という意味で。

『私は一足先にあいつのところに行くわ。きっと一人で戦っているでしょうから』

エヌは立ち上がると、扉に顔を向けた。

『転移の方法があるのか？』

『私にはね。あんたたちは、あのピエロと一緒においでなさいな。手遅れになる前にね』

言って、黒猫は部屋を出ていった。後を追っても、もう見えなかった。

「さて――」

ダリアはコートハンガーから魔導鎧のコートを羽織り、店の給仕を呼ぶ。預けていた武器を持ってこさせるのだ。

リンダも同じ行動を取った。途中からダリアの通信魔術に割り込んで一緒に話を聞いていたのである。

そこへ、

「おや、お二方――。お待たせしてしまったようですね」

ダリアの縁談の相手、ジョバンニが、大量の花束を抱えて到着した。

彼の後ろから、ダリアの大剣を抱えた給仕が戻ってきて、戸惑っている。

その様子を見て、

「……ご出発ですか？」

ダリアは深呼吸した。それから、喋ろうとするリンダを制した。自分で話せるから、と。

「すまない。ジョバンニ氏。私はあなたとの縁談をなかったことにしたい」

ジョバンニは面喰らった後、少しだけ顔を伏せた。その目が悲しげに見えて、ダリアの胸がずきりと痛む。

「理由を、お聞かせ願えますか？」

ダリアは彼をまっすぐ見詰めた。これまで何度もそうしてきたように、きっぱりと断ろうと思った。

だが、口にするのを躊躇(ためら)った。ダリアがジョバンニの申し出を断るのは、これまで何度もそうしてきたのとは、別の理由だからだ。

「私には、心に決めた相手(ひと)がいるんだ」

彼は、わずかに驚いたようだった。

「……………男性、ですか」

「ああ。黙っていてすまない」

ダリアは頷く。

言ってしまえば――口にすれば、これ以上ないほど晴ればれしい気持ちになった。

自分には好きなひとがいる。

これから彼のもとへ赴(おもむ)く。

それは、実に誇らしいことだった。

「彼が待っている。私たちはこれから、〝竜〟を倒さねばならない」

ジョバンニは諦(あきら)めたように笑って、

「……理由が冒険(しごと)であるならば、僕にもチャンスがあったと思いました。僕は貴女(あなた)を支える覚悟も準備もできていたから。貴女がいつも、同じ理由で断り続けてきたのも知っていましたから」

彼は顔を上げて、

「ですが——そうですか。貴女には心に決めた御方がいる。ならば、僕の出る幕はないようですね」

すっと道を譲ると、頭を軽く下げた。

「行ってらっしゃいませ、ダリア様。どうかお気をつけて。僕のことはお忘れください」

「ありがとう、ジョバンニ殿」

ダリアが微笑む。

「貴女に名前を呼んでいただけた。それだけで、光栄です」

ダリアに続いて部屋を出るリンダが、

「あなた、いい男だったよ。ダリアにはもったいない」

ぽん、と肩を叩いて去っていった。

ひとり残されたジョバンニは、どこか晴れやかに笑って、

「まったくこれだから……。さすが、『右フックで邪竜を滅ぼした聖女様(おかた)』の生まれ変わりだ……。僕では手に負えなかったか」

抱えてきた大量の花束をダリアの座っていた席に置くと、この店で一番高いワインを頼み、連れてきた執事と二人で飲み明かした。

☆

ダリアとリンダが部屋を出る頃には、ユージンから通信魔術(コール)が届いていた。

『ピエロッタがやられた。ニールはヴァルムントだ』

『ああ、いまエヌ姐さんから聞いた』

『なに？　あの黒猫と話せたのか』

『ナインくんが一人で向かったらしい。ヴァルムント教の神殿だ』

店の正面玄関を出ると、そこにはピエロがいた。

「やはり神殿か……。それで、いつ出発する？　私も同行する」

「ピエロッタ！」

「いや、今すぐ行くに決まってんでしょ」

ピエロの隣にはユージンもいる。二人とも、顔に痣(あざ)があった。ピエロッタは特に酷(ひど)い。

ダリアとリンダがピエロの顔を見て、

「ニールにやられたと聞いたが、酷い傷だな」

「ほんと、酷い顔……」

「いやこれは違うやつ。ていうかリンダちゃんそれ意味違わない？」

「ユージンもどうしたんだその痣は」

「回復魔術で治さないの？」

ユージンが、ふっと誇らしげに笑う。

「ナオの愛の証さ。帰ってくるまで治すなと言われた」

「あー……」

「新婚初夜だもんねー……」

「詠唱に問題はない。気にしないでくれ」

屋敷から馬車と執事を連れてきたユージンが、荷台に積んできた装備と道具を下ろしつつ、

「ナインくんとは通信魔術が繋がらない。遠すぎるのと、結界のせいだろう」

ダリアは魔導鎧から勲章の類を外しては、ユージンの執事に預けていく。

「で、どうする？　直通魔術陣は結局、見つからなかったんだろう？」

「ピエロッタが転移結晶を神殿前に記録してある。俺たち四人で行くしかない」

本来ならS級パーティ三組は欲しかったところだ。

だが、ダリアは笑う。自信満々に。

「うむ。問題ないな」

ユージンも、にっと笑って、

「ああ。俺たちならやれる」

リンダは「仕方ないわね」という顔で首を縦に振る。「うわ重っ！　ダリアちょっと手伝って」

ピエロッタが転移結晶を取り出した。

「行くぜ、坊ちゃん、お嬢さん☆　〝竜〟の王に挑む心の準備はオーケー？」

「無論だ」

「問題ない」

「やってやろうじゃん！」

「いよぉーし！　レッツ☆ダァーンス♪」

転移魔術が起動する。粒子になって消える瞬間、

――待ってて、ナインくん！

ダリアは、力強くそう思った。

彼を助けるために。彼に今度こそ、気持ちを伝えるために。

自分は、〝竜〟の王へ挑む。

☆

大陸北部、ルニヴーファ王国。

ヴァルムント教・総本部。

その内部に、ニールに連れられたナインが転移した。

「到着した」

ニールの言葉に、ナインが顔を上げる。

それが、目の前にあった。

黄金の、三つ首〝竜〟。

全身を覆う金色の鱗、巨大な翼、先端に棘のついた二本の尻尾、蛇のように首が長く、禍々しい貌を持つ三つの頭。

巨大氷塊に封印されし――ヴァルムント本体。

ナインは目を細めることもなく、魔術を視た。その封印魔術を視た。そして、

――中身だけ斬るのは、難しい、か……。

そう結論づけると、ニールを振り返る。

こいつを斬る前に、訊くべきことがある。

「お母さんは、」

　ニールの目を見ずに、そう尋ねた。顔を逸らしたのは演技の意味だけじゃない。訊くのが、本当に、少しだけ辛かったからだ。

「どんな人でしたか？」

　男はわずかに考えると、

「……美しい女性だった」

　思い出すように、ナインへ語る。

「金糸のような髪が、特にな。我が金色の鱗に似て、太陽の光を浴びると眩いくらいに輝いたものだ。惜しいことよ。我のもとにずっといればよかったものを……」

　そうか、とナインは納得する。

　こいつは、母の顔なんて覚えていないんだ。

　エヌが言っていた。自分の本当の母親は、自分そっくりの黒髪に黒い目だったと。この男は、人間に興味がないのだろう。

　なら、もういい。

　本当に聞くべきことを訊こう。

「……ここまで問題なくテレポートできました。転移結晶は届かないのでは？　結界で弾かれるという話はなんです？」

ニールは淡々と、

「我が神殿の、とある場所を経由した。そこにだけは、わずかに隙間を生じている」

「――東門、三つ目の部屋にある、魔術陣」

ニールが片眉を上げた。

「視えたのか？」

「中からならよく視えます。そこだけ穴が開いてる」

「素晴らしい。やはりお前の力は本物のようだ。ところで、」

「はい」

その時だった。

ニールの目が妖しく揺らめいた。水面に波紋が広がるように、ニールの瞳がぎょわ、と動く。

竜眼。

それは、対象者を縛る絶対服従の魔術――否、〝竜〟の秘術。

不意打ちだった。マントの下にあるナインの両腕はぴくりとも動いていない。刀を抜く暇もなく、ナインはあっさりとその術にかかったように見えた。

剣士の目が、ぼう、と虚空を見つめる。何も見えていないかのように。まるで、薬物中毒者が陥る虚脱状態のように。『竜の粉』の数百倍の濃度の魔術が、対象の体内に入り込む。

くく、と嗤いながら、ニールが告げる。

「まったく、ひとというものは思いもよらぬ悪事を働くものだ」

かつてギルド本部で発したそのままの言葉を、もう一度、口にした。

「実の父を謀り、我が本体のみを斬ろうと思っていたのだろう？　くく、浅はかなり」

この男は最初から、一ミリもナインのことを信用してはいなかったのだ。

ナインと同様に。

「――息子よ」

ナインは応える。

「……はい」

「我が封印を解くのだ」

「……承知しました」

ナインは刀を抜く。氷塊の前に立ち、右手を高く上げた。息を吸う。

――七星剣武、
最大のチャンスは、初撃。

一太刀目だ。

――斬魔。

振り向きざまにニールへ斬りかかった。術にかかったと思い込んでいた敵の反応は決定的に遅れた。ニールが雷化する前に、奴が武器である雷槌・ミョルニルを構える前に、

「貴様――!」

その右腕を斬り落としていた。

が、同時に、

――ちっ!

心中で舌打ちをする。

敵の手刀を受けて、ナインの左腕が、木っ端微塵に吹っ飛んだ。

☆

ナインの左腕を砕きながら、

――馬鹿な……!

ニールが目を見開く。

なぜ呪縛が破られた。

自分の術は完璧だったはずだ。奴が破った気配はなかった。奴に守る術もなかった。己の目で走査したのだ。竜眼からあの小僧を守れるような魔術防御はなかったし、術をかけた際にも小僧は指一本動かさなかった。

――指一本も?

本当にそうか？　マントの下で動かしていたら？　いや、それもない。両肩の動きは見えていた。その手には何も握られていなかったはずだ。ナイフはおろか、カミソリすら持っていなかった。いったいなぜ――。

その目に、左腕の破片が映る。それは、ばらばらに砕け散りながら、一滴の血も飛ばさず、ニールの視界を遮っている。

――義手か！

マントの下にある左腕は木製の義手だった。いくら走査したところでわからないはずである。何も魔術が込められていないのだから。魔力の欠片も存在しないのだから。この魔術全盛の時代において、魔力が一切込められていない義手を使う人間など、いやしないのだから。

――左肩に触らせなかったのも、そのためか！

ナイン自身にほとんど魔力が存在しないために、その左腕にもまったく魔力がないことに、まるで疑問を覚えなかった。

そして奴は、隠していた左腕で、術にかかる前に斬っていたのだ。

☆

仕込んでいた義手の左腕を吹っ飛ばされながら、ナインは「しくじった」と思う。

——仕留めそこなった。初撃で。

指一本でも動かせれば、爪につけたカミソリの刃だけでも魔術は斬れる。ユージンから受け取った通信魔術(コール)で、ピエロッタに不可思議な『硬直』があり、それが魔眼の類であると推察したナインは、『隠し腕』によって呪縛を破ることに成功した。

説得に応じたふりをしてヴァルムント本体まで導かせ、術にかかったふりをして一息に敵を殺す——そのつもりだったが、最後の最後で失敗した。やはり自分はまだ未熟だ。父なら、本当の父さんなら今ので殺せていたはずだと、託された黒刀を振るいながらナインは思う。

マントが翻(ひるがえ)る。砕け散った義手がばらばらに飛ぶ。袈裟(けさ)に振るったナインの刀は、ニールの右腕を切断し、左肩から腰にかけてを薄く斬り裂いた。奴が握っていた雷槌が右腕ごと落ちていく。それはいい。だが致命傷ではない。もう一撃が要(い)る。振り切った刃(やいば)を再び斬り上げる——逆流の太刀。『剣を止めようとせずに、手の内で小さな円を描くように絞るのだ』と記憶の中の父が言う。そうとも、僕の父さんはここにいる。ナインは掌(てのひら)を絞り込む。

☆

説得に失敗し、術も破られたとなれば、もはや小僧(ナイン)を生かしておく意味はない。咄嗟(とっさ)に構えようとした雷槌ごと右腕を落としたことは褒(ほ)めてやる。だがそれも意味はない。一手、遅れはしたものの左は潰した。義手だろうが囮だろうが知ったことではない。敵の左の肩は我が指先で貫いたのだ。もはや逃がしはしない。そのまま首を落とせば良いだけだ。

義手と一緒に左肩も貫かれていたのは知っている。ニールがそのまま自分の首を狙うこともわかっている。その前にこちらの刃が届けば勝てる。その後で自分の首が飛ぼうが関係ない。だが間に合うかは微妙なところだ。『天雪』で時間を止めようと、敵の攻撃の線を視ようと、意味はない。一秒に満たない刹那のうちに、どちらがより速く致命の一撃を届かせるかにかかっている。恐ろしいほど単純な速度の勝負だ。ナインの黒刀が、ニールの左脇腹に喰らいつくように滑り込む。

☆

間に合わぬ、とニールは察する。思考ではない。電気信号が脳に到達するよりも早く、〝竜〟の直感でそう確信する。義手を破壊し、そのまま首を刈るつもりだった。物理的な距離においても、お互いの姿勢を鑑みても、どう考えてもこちらの方が速いはずだった。『一度振り切った刀を再度振り上げる』より『真っ直ぐ放った手刀をそのまま左へ移動させる』方が致命に近いに決まっていた。だがこちらが遅い。恐るべき剣の速さ。致し方なし——

☆

力を抜く。腕で斬るのではなく腰で斬る。手の内を絞る。頭の芯は動かさず、頭の外側だけを回すようにして力を刃へ乗せる。こちらの方が速い。核に届く。殺した。

☆

自爆する。

☆

すべては、一呼吸(ひとこきゅう)よりも短い刹那に起きた出来事だった。

『封印の間』に閃光が弾ける。ナインとニールの身体が反発し合った磁石のように吹っ飛ぶ。

一瞬遅れて、ばぁんっ、と雷鳴が轟いた。

「がっ……!?」

身体が動かない。ナインの思考を混乱が埋め尽くす。指先が動かない。身体が痺れてる。雷撃？　どうやって？　殺したはず。届いたはず。敵の手刀よりも早く、自分の黒刀は、奴の核を斬ったはず。それなのに、なぜ。

——違う。

地面を転がりながら首を捻って、その動きだけでフードに隠しておいたナイフを飛ばす。

『なぜ』と考えるのは違う。攻撃を受けたならやるべきことは『なぜ』と考えるのではなく、まず追撃に備えることだ。放ったナイフが稲妻を引き寄せて、ナインの目の前で焼け焦げた。

そうだ、追撃を躱せば自ずと答えも見えるだろう？

——はい、父さん。

奥歯に備えていた錠剤を嚙み潰す。染み出たポーションが身体の痺れを取っていく。転がりながら距離を取り、手足の感覚が戻る前に真横に跳ぶ。跳んでいる最中には四肢のコントロールを取り戻している。魔導鎧に封じ込められていた、我がリーダーの常時再生魔術は素晴らしいとナインは思う。左肩の傷があっという間に塞がった。着地と同時に息を吸い、

——七星剣武・天雪。

顔を上げる前に時間を止めた。敵の攻撃線がまさしく稲妻のように走っている。躱せるような空間はない。予備の刀はあと二本。投げナイフはあと十一本。ペーパーナイフが三本。カミソリは最初ので切れた。天雪を解く。時間が動きだす。

ばちちちちちっ！

左手で投げたペーパーナイフが雷撃を吸い寄せる。その先に敵の姿が見えた。

肉体は木っ端微塵に砕け散っていた。残っていたのは、雷槌ミョルニルを握ったニ、ー、ルの右腕だった。

——アレか。

こちらの剣は届いていた。が、敵は意識を心臓から右腕に移して自爆でもしたのだろう。敵の肉体を構成する魔術線は格段に減っている。分体の、さらに分体ということだろうか。

なんでもいい。

魔術の線が視える。

殺せるということだ。

――七星剣武・地迅。

三発目の稲妻が発生するよりも早く、ニールの右腕に肉薄した。黒刀を振るうが槌で防がれるだろう。その前に、左手の短刀が敵の核を捉えた。

囮だった。

それは右腕ではなく、右腕に擬態していた雷槌だった。ナインが義手を使ったのと同じように、敵も武器を右腕に変化させていたのだった。

短刀が雷槌に弾かれる。黒刀は雷化したニールを捉えきれず、すり抜けてしまう。古き〝竜〟は逃げるのが上手い、と頭の隅で思いつつ、その先を予測した。天雪で未来を視た。

――きさ、ま……！

ナインは敵の稲妻に、その光に、執念を視た。

――まさか、まさかここまで追い込まれるとは……！

足を止める。ゆっくりと体を起こす。ナインは追撃を諦めた。攻撃は無駄だ。態勢を整える。

今は、自分の剣は届かない。なぜなら、

――この状態で、この不完全な状態で、復活せざるを得ないとは……！

敵が、氷結封印の内側に逃げてしまったから。

雷槌ミョルニルが弾ける。牽制のために放たれた魔術雷撃を片手間に斬って捨て、ナインはもう片手でポーション瓶の蓋をぴん、と開ける。体力のためではなく魔力回復のためだ。口に含んだ瞬間に気化する不思議な食感を味わいながら、敵を見上げる。

「ふぅ――」

稲妻が氷塊に吸い込まれ、そしてその表面に、

びしり、

と亀裂が走った。いくつも、いくつも。

大地が揺れる。

神殿全体が揺れる。

巨体が埋め込まれていた氷塊が、びしりびしりと割れていく。透明だった表面があっという間に白く濁り、天井から岩や氷柱、神殿の屋根が落下してくる。

ようやく騒ぎに気づいた神官や騎士団員たちがやってきたが、ナインの姿を見ることは誰もできなかった。黒い影が自分たちの横を通り過ぎたように思えたが、それよりも氷塊が崩れ始めている事実の方が重要だった。

「なんだ、なんだ!?」

「ご神体が！」

「教皇様をお守りしろ！　避難が先だ！」

「団長はいずこに!?」

「神が……！　神龍様がお目覚めになるぞ！」

「ヴァルムント様！　我らをお導きください……！」

「復活だ！　ヴァルムント様が復活なされる！　地上に楽園が訪れる！」

逃げる者、讃える者、祈る者。

人間たちの行為や想いに関係なく、彼らを死が押し潰していく。

☆

神殿が崩れていく。

氷塊が割れていく。

封印の間に到着したヴァルムント教皇・マグニは、「おお……！」と歓喜の声を上げながら黄金の〝竜〟を見上げていた。

「お待ちしておりました――ヴァルムント様！」

数十年前、同志であったバハムート教の幹部たちに手ひどく裏切られ、仕事も立場も妻も子供も何もかもを奪われ、魔に堕ち、魔に魅入られたその男は――長い年月を経て、ようやく悲願の成就を果たした。

邪竜王の復活。

この世界への復讐。

泣くがいい、喚くがいい。

今さら自らの過ちを悔いても——もう遅いのだ。

「我が邪神が、この大地を焼き尽くすであろう！　ふはははははははっ！」

狂気に満ちた瞳で哄笑し、逃げ惑う神官・信徒たちの間でただ一人その場に残り、彼の神を仰ぎ見る。その復活を祝福する。

やがて彼の頭上にも等しく天井が落ちてきて、その生命は遠からず終焉を迎える。

封印の間が氷と瓦礫に埋もれ、自らが息絶えるその時まで、マグニは「ひっ……ひひっ……」と笑い続けていた。

☆

逃げる人々に紛れて神殿に施されていた結界の魔術を斬り捨てたナインは、騎士団員の声真似をして叫ぶ。

「東門だ！　転移魔術陣がある！　ノヴァンノーヴェのギルドへ行け！　あそこなら保護して

くれる！」

神殿内を影のように走り、あちらこちらで声を上げると、

「東門へ向かえ！」

「テレポートしろ！」

「ノヴァンノーヴェだ！　救助を乞え！」

幾人かの騎士が同調して声を上げ始めた。これで不必要な人死には避けられる。ギルドへ行けば、邪教の信徒として捕まるだろうが、命を落とすよりはマシなはずだ。それに下手にばらばらに逃がすよりはマシだと考えた。

瓦礫に挟まれているひとたち——多くがここに住む女性や子供だった——を、できる限り助けつつ、神殿内を走り回る。

ヴァルムントの復活で人が死ぬ。

復活しようと望んだのは奴自身だが、自分にもまるで責任がないわけじゃない。

自己満足だと思いつつも、ナインは放っておけなかった。

しかしかなりの人数の信徒が逃げようとはしなかった。信じる神が復活しようというのだから、その『奇跡』を目撃したくもなるのだろう。残念だが、彼らは放っておく。ヴァルムントの攻撃に巻き込まれるかもしれないが、これ以上はどうしようもない。

——せめて神殿から離れるか……！

出口へ向かう。外から地を震わせるような、轟雷のような『声』が響いてくる。

それと同時に、

「にゃんぷぐす」

相変わらず律儀ね。邪教徒なんて放っておけば良いじゃない。

にゅるり、と足元の影からエヌが姿を現した。彼女は、ナインの影の中になら転移できるのだった。

「エヌ！　みんなは？」

「すぐに来るわ」

神殿の外へ走るナインの肩に、エヌが飛び乗った。

雪原と白い森。背後にある神殿を振り返ると、その向こうから、巨大な何かがゆっくりと体を起こしていく。それの頭上の空だけがやけに暗く、稲光が奔っている。まるで大気を操っているかのように。

肩に乗っているエヌが、

「言い訳を聞くわ。なんで本体を斬っていないのかしら？」

魔導鎧の防寒をオンにして、ふぅーと白い息を吐きながら、ナインが応える。

「あれは本物の氷塊だったんだ。僕は魔術は斬れても、あの大きさの氷は斬れない」

あらそう、と猫が鳴く。こともなげに。

「手間が省けたじゃない——自分から氷を割ってくれたのね」
「その通りだ！」
種族：飛竜。
種別：雷竜。
個体名称——トールドラゴン・『ヴァルムント』。
黄金の鱗と翼に、二つの尻尾と、三つの首。
いかづちを操る古の邪竜の王が、数百年の眠りからいま、目覚めた。
——ごおおおぉぉぉぉぉおおおおおおおおおおん！
——るぅおおおおおおおおおおおおおおおおおん！
——ぎぎきぃぃあああああああああああああっ！
三つの首がそれぞれ咆哮を上げ、そして大地を睥睨する。
真っ白な雪原に、染みのような黒い点が在るのを見る。
ナインを、見る。
その——巨大な邪竜の視線を受けて、
——行きます、父さん。
トールドラゴンを真っ向から見上げた黒猫の剣士が、息を吐いた。

第十五話　玖秒の王撃（ナインカウント・ストライク）

――ごおおおぉぉぉぉおおおおおおおおおおおおおおおん！

――るぅおおおおおおおおおおおおおおおおおおおん！

――ぎぎきぃぃああああああああああああああああっ！

ヴァルムントが咆哮（ほうこう）を上げる。

三つ首から稲妻が放たれる。その目からは豆粒にしか見えないであろうナインへ向けて、〝竜〟の攻撃が加えられた。

常人なら瞬く（またた）間に焼け焦（こ）げ、炭化し、チリとなって消えるであろうその雷撃を。

光とほぼ同じ速度で放たれ、発射を見てからではまず絶対に回避も防御も間に合わないその雷撃を。

いいいいいいいん……！

ナインは、斬って、捨てた。

もし雷を斬った者がいるならばわかるだろう。稲妻は、刀で切断すると、刀身と大気を震わせて、鐘を叩いたような音を発するのだ。

七星剣武・天雪。

彼の前にはあらゆる魔術攻撃が意味をなさない。あらゆる『動作』を事前に視て、あらゆる魔術を斬ることができるからだ。

無論、それをヴァルムントは知っている。

そして、その刃が自らに届くとき、絶対無敵の『竜剛』ですら貫いて、己へ傷をつけるだろうことも。

突風が吹き荒れる。だがそれは副次効果だ。ヴァルムントが飛翔したのだ。そして雷撃を放つ。口腔からだけではなく、大気の魔素に干渉し、周囲の空から雷の雨を降らせた。

それは吹雪と稲妻の嵐だった。

敵はナインの刀の届かない範囲——射程距離外から一方的に攻撃を加え続けるつもりだ。体長一〇〇メートルを超える巨大な飛竜が呼び起こす稲妻と吹雪が、たった一人のちっぽけな人間の少年に向けて襲い掛かる。

「…………」

しかし彼は冷静だった。意に介さなかった。

天雪を使い、一秒後に稲妻の通るルートを視認しながら、少年剣士は回避場所を求めて雪原を走る。右手に黒刀、左手に短刀を構え、斬れるはずのない電撃を次々と斬っては躱していく。

これまでの邪竜討伐依頼とは違う。ムゥヘル戦ではすでに敵の情報を得ていた。ウィドレクト戦では互いに情報がなかった。だが今回は、敵が一方的にこちらの情報を持っている。

あらゆる魔術を斬ることができる剣術も、届かなければ意味がない。

現にムゥヘル戦もウィドレクト戦も、いかにして『ナインの剣を届かせるか』が作戦の肝となった。それを、ヴァルムントは知っているのだ。

ばちちちいっ！　ぎゅぃいんっ！

四方八方から降り注がれる雷撃を、ただひたすら斬り続けていく。このままではもちろんまずい。スタミナも魔力も徐々に削られていく。前者はともかく、魔力切れで魔導鎧を起動できなくなれば、この極寒の地では何分ももたない。

敵の狙いは消耗戦――いや、そんなつもりもないのかもしれない。『己の攻撃をひたすら撃ち続けていれば数分も経たずに敵は死ぬ』という、大火力にモノを言わせて圧倒するというゴリ押し。ダリアも得意とする正攻法。王者の戦い方だ。

魔力に乏しい自分では、反撃の手立てはない。今のままでは。

「ぉうあぁぁあー！」

ちょこざいねー！

ナインの肩に乗ったエヌが、彼の気持ちを代弁するかのように低く呻いた。頭上に落ちる雷を、自分を肩に乗せた少年が次々と斬っていくが、びりびりと髭が震えるのが鬱陶しいことこの上ない。

「――エヌ。みんなが来る前に、僕らはやることがある」

少年が告げた言葉の真意を、黒猫はすぐに察した。

その切り替えの速さに、彼らしさを感じながら。

紅鷹が揃うまで待つか。

あるいは少しでも、状況を有利に進めておくか。

ナインは後者を選択したのだ。

「にゃいにゃ？　にゃふんにゃふ」

いいのね？　ここで使っても。

「ああ――。今の僕には、頼れるみんながいるから」

今までは使う機会のなかった切り札。

アイラスパーティにいた頃は、仲間が信頼できなくて使えなかった。

紅鷹に入った後は、仲間が強すぎて使う機会がなかった。

使わないに越したことはない。だが、今の自分ではヴァルムントに届かない。文字通り、射程が足りない。

ならば、敵の情報を得る。これから来る仲間のために。ヴァルムントの攻略を少しでも進めておく。

──僕が殺す必要はない。

自分が斬ると誓った。だが、自分がトドメを刺す必要はない。それに拘る必要はない。

たとえ自分が動けなくなっても。

これから来るみんなが勝てればそれでいい。

「勝利条件を変える」

ナインが言う。まるでユージンのように。

「手の内をすべて曝け出させる──僕がみんなの礎になる」

少年が足を止めて頭上を見た。自身を見下ろす〝竜〟を睨みつけた。

その首根っこに黒猫がぴたりとくっつく。少年の頭に顎を乗せる。彼女が使うのは〝竜〟ですら知らぬ秘術。彼女の元の主が編み出した、ナインとエヌのためだけの魔術。

黒猫が、金色の瞳を輝かせ、呟くように唱える。

──『玖秒の王撃』。

黒猫が影のように消え、少年の身体に真っ黒なオーラが纏われた。

それは、黒猫の魔力そのものであった。

——残り、九秒。

脳裏に囁かれたカウントダウンと同時、

「————シッ！」

雪原が爆発する。稲妻の雨を縫って飛翔したナインの跳躍力で雪が吹き飛んだのだ。雷撃の嵐を抜けた剣士をヴァルムントが見失う。再び発見した時にはもう、

——ごぅああああああっ!?

剣士は〝竜〟の右首をぶった斬っていた。

本来、トールドラゴンの肉体は『竜剛』と呼ばれる強力な防御魔術で覆われている。それは魔術武器——ドラゴンキラーであっても傷がつけられぬ絶対的な盾で、ムゥヘルが奥の手に用いた『土の壁』以上の防御被膜であり、ある一定以上の〝竜〟は必ず使用してくる。たとえダリアの火力であっても破るのは不可能で、『竜剛』を貫通する専用の武器が必ず要る。

それを、しかしナインは必要としない。

この剣士は、〝竜〟にとって、この世界にとって、規則を逸脱した存在なのだった。

——おの、れぇ……！

　残る二つの首が剣士の姿を追いつつ、全方位に稲妻を放つ。だが遅い。黒猫と一体化した剣士は〝竜〟の翼や胴体を足場に雷撃を掻(か)い潜(くぐ)り、二つ目の首――左頭を縦(たて)に斬り裂く。残り八秒。

――ぎぎぎききききぃああああああああ！

　二つの首を瞬時に落とされたヴァルムントが、内に入り込んだ剣士から逃れようとさらに飛翔する。風圧で吹っ飛ばされたナインが地面に叩き付けられる寸前で反転、『魔力』を噴射し衝撃を殺して着地した。残り七秒。

　ヴァルムントには、先ほどまではほとんど見えなかった敵が、とつぜん存在感を増したように思えた。その通りである。極小魔力のために、〝竜〟の第六感にほぼ探知されていなかったナインは、いまこの時だけは黒い太陽のごとき輝きを放っている。使い魔であるエヌが貯め続けた魔力が燦然(さんぜん)と輝いているのだ。

　九秒間だけ爆発的に魔力を引き上げる秘術。

　それが、『玖秒の王撃(ナインカウント・ストライク)』。

　全開使用後は一カ月はまともに動けなくなるほど疲弊(ひへい)する。また九秒を超えて使えば命の保証はない。

だがそれでも、仲間がいるのなら。

あとを託せる、誰かがいるのなら。

黒猫の剣士は、その力をいかんなく発揮する。

――残り、六秒。

エヌのカウントが脳内に響く。魔道鎧の身体強化魔術をオーバーロードさせて、ダリア並みの瞬発力で跳躍する。空に逃げようが無駄だ。雷撃の嵐を、天雪による攻撃線予測で躱し、

――残り、五秒。

――るぅおおおおおおおおおん……！

真中（まなか）の首も斬り落とした。

落ちゆく首を足場に再跳躍。返す刀で心臓――核を狙う。剣士の胸に湧き上がるのは勝利の予感と仇敵（きゅうてき）への疑問。このまま終わるか？　この程度か？　トールドラゴン・ヴァルムント！

「お前の奥の手を見せてみろっ！」

ナインの黒刀による刺突（しとつ）が〝竜〟の胸部へ突き刺さり、その勢いのまま貫いて、

――きぃやあああ!!!

ヴァルムントの全身が、雷化した。

「…………っ！」

ナインは自ら稲妻の中に突っ込んだ形になった。天雪によって予測はしていたものの、完全に回避することはできなかった。残り四秒。雷化したヴァルムントが再び肉の身体へと戻り、ナインに斬られた三つの首を即座に再生させようとする。

それを待つことなく、痺れる身体を魔力で無理やり動かし、ナイフを投げる。右首の目にナイフが刺さった。投剣術ではあるが七星剣武ではない。『斬魔』を使わずに攻撃が徹った。つまり、

――雷化直後は『竜剛』が解ける。

残り三秒。

雪原に着地する。ざぁぁぁぁぁ、と雪煙を上げながらナインの身体が滑る。ナインの身体を纏うオーラが霧散する。黒いオーラが白い靄の向こうに消えたのと同時に、ヴァルムントの肉体が完全に再生した。

「――ふぅ！」

残り二秒で『玖秒の王撃』を解除した。これ以上は身体がもたない。自分もエヌもだ。

足から勝手に力が抜けて、膝が地面につく。左肩の上でだらりと暖簾のように垂れるエヌの「ふぅ、ふぅ」という荒い息が聞こえる。完全に再生した頭上のヴァルムントが、勝利を確信

でもしたのか、ひときわ大きな咆哮を上げた。

――ごおおぉぉぉぉおおおおおおおおおん！

――るぅおおおおおおおおおおおおおおん！

――ぎぎきぃぃあああああああああああっ！

三つ首に稲光が灯る。雷撃が来る。直接殺す気だ。ナインは片膝をついたまま、それが来るのを待って、

「――祖龍咆煌（バハムート・ノヴァ）！」

ナインの目の前で、トールドラゴンの胴体に紅い閃光が直撃した。『竜剛』で護られながらも衝撃までは殺し切れないのか、一〇〇メートルを超えるヴァルムントの身体がもんどりを打って倒れていく。

そうとも。主役は遅れてやってくるものだ。

ナインは、それをこそ、待っていた。

「――ナインくんっ！」

振り返る。

大陸最強の攻撃魔術師であり、自分が最も信頼する前衛（アタッカー）のパートナーが、猛スピードで飛ん

できた。

「ダリアさん」

紅鷹が——自分の仲間たちが、到着したのだ。

☆

片膝をつくナインのもとに滑り込むようにして着地したダリアが顔を覗く。

「無事か、ナインくんっ！」

「——はい。ただ、ちょっと動けません」

ナインは、ふにゃ、と微笑んだ。

「皆さんが来るまで、ちょっと無茶しすぎました」

ダリアは少年の身体を見て、その魔力量を見て、戦慄する。

死にかけだ。

E級・F級どころか、ほとんど魔力が流れてない。生きていることが不思議なくらいだ。限界まで絞り尽くして戦っていたのだと一目で悟った。

「わかった。きみは回復に努めてくれ」

ダリアが立ち上がる。

「あとは、私たちでやる」

彼女の視線の先。

トールドラゴン・ヴァルムントもまた立ち上がり、その翼を前足のように雪原に叩きつけ、小さき者たちへ向けて、吠(ほ)えた。

――ごおおおぉぉぉぉおおおおおおおおおおおん！

――るぅおおおおおおおおおおおおおおおおおおん！

――ぎぎきぃぃああああああああああああああっ！

雪と氷と暴風が吹き荒れ、凍りついてしまいそうなほどの冷気咆哮を浴びて、人間どころか馬車すらまるごと飲み込めそうなほど巨大な三つ首を前にして、
しかしダリアは、

「ふ――想像よりも可愛いやつだな、邪竜王」

竜殺大剣(りゅうさつたいけん)を抜刀し、不敵にもそう言い放ち、にやりと笑った。

ナインもまた力なく笑いながら、思う。

この女性(ひと)以上にカッコいい存在を、自分は知らない。

☆

ヴァルムント本体に戻った『ニール』は思考する。

本来の力が三十分の一も戻っていない。身体は重く、雷撃の威力も恐ろしく弱い。全盛期であれば、自分がいかづちの一つでも落とせば、こんな星の、こんな山などたやすく砕けたはずなのだ。

あの小僧。

斬魔の一族――アッシュウィーザに拾われ、七星剣武を身につけたあの小僧。

奴のせいだ。

奴の妨害のせいで、不本意ながら本体を復活させることになってしまった。あの分体(ニール)に見切りをつけても良かったが、それを行うには、ニールが得た情報と魔力は貴重だった。

今や、本体はニールの意識によって動いている。

予定外の事態だ。

だが焦(あせ)ることはない。こうなってしまった以上、もはや腹を据えるしかない。

――この大地にいるすべての人類種族の魔力を奪い、命を喰らい、バハムートを滅ぼす。

そして、自分がこの天体(ほし)の王となる。

かつて、『蒼(あお)い炎と共に降り立った』あの時のように。

その邪魔になる奴らが、眼下にいる。

生意気にも、自分を倒せるつもりで。

紅鷹。S級冒険者の集団。大陸最強などとほざくパーティ。

ヴァルムントは六つの目で、その前衛を睥睨する。

赤い魔導鎧に身を包み、竜殺大剣を携えた、当世最強の攻撃魔術師。

閃紅のダリア。

——あの女の火砲……バハムートの咆哮を模した閃煌魔術か。高威力であるが、『竜剛』を有している我には通用しない。

紅鷹であれば竜剛を貫く手段——『魔素分解』も有していよう。遠距離か、近距離か。どちらかはわからんが、古き大戦では前者が多かった。恐らく眼鏡の狙撃魔術師が使い手のはず。

絶対防御である『竜剛』を貫かれる恐れはあるが、連発はできまい。

初弾——それにさえ気をつければ恐れるに足らぬ。

『魔素分解』以外で唯一、竜剛を破る手段を持った斬魔の小僧は、魔力の枯渇で今や虫の息。

愚かな。蒙昧である。一時的に魔力を増大させるあの秘術も、もはや使えないと見える。

完全な状態ではなくとも、問題はない。

圧倒的な戦力差で、押し潰すのみ。

王者の闘いを見せつけるのみである。

☆

ヴァルムントが飛翔する。

大気を操り、稲妻の雨を降らせる。

ダリアがナインを庇うように、魔術防御の結界を張った。ムゥヘル戦での「ナインを庇うのはＮＧ」という約束事が遠い過去のように思える。今や彼は、紅鷹の欠かすことのできない仲間であり、切り札だ。

ダリアの五〇〇メートルほど後方には、ともに転移してきたユージンが浮遊待機している。最適な狙撃位置を探して移動しているリンダの姿は見えない。

ナインが通信魔術で情報を伝える。リーダーのように、彼を見習って、冷静に淡々と。

『――敵は「竜剛」状態、即時再生。攻撃手段は口腔からの雷と、稲妻の嵐を降らす。三つ首を斬っても死なない。胸の心臓が急所だと思われるが不確定。奥の手はニールと同じく「雷化」。「雷化」状態は長くないが自分でも斬れず。「雷化」後は一時的に「竜剛」が解除される』

ユージンが頷く。

『――承知した。以前言っていた切り札を使ったのだな、ナインくん』

『はい。……独断で、すみません』

『いや、妥当な判断だっただろう。俺たちがいつ到着するか不明だったからな』

自身の周囲に防御結界を張ったユージンが、全員へ告げる。

『――行くぞ、紅鷹（くおう）！　不完全な状態で復活した邪竜王を、ここで倒す！　人類種族の危機を、俺たちで払うのだ！』

　自らへも降りかかる雷撃を防御しつつ、ユージンはダリアの援護に回る。彼女の傍（そば）でしゃがんでいたナインが、リンダの召喚した光隼（ハヤブサ）に掴まれて、空高く運ばれていった。猫のように。

　――ナインくんの引き出した情報、無駄にはしない。

　積み上げてきた訓練の成果を、見せるときだった。

☆

　稲妻の雨がダリアを襲う。だが彼女は意に介さず、ヴァルムントへ斬りかかった。口腔から放たれる直射型の雷電攻撃でもなければ、ダリアが常時展開している魔術防御で十分に防ぐことができる。

「はあああっ！」

　音速に迫る速度で急接近したダリアの振るった大剣が、ヴァルムントの右首の頭部を直撃した。竜殺大剣――〝竜〟を殺すために神々が創（つく）り、大戦終結とともに大地に眠り、それを現代の技術で蘇（よみがえ）らせた対竜特攻武器（ドラゴン・キラー）の、珠玉（しゅぎょく）の一振り。

　その竜殺大剣に刻まれた斬撃魔術を発動させ、山ですら簡単に切り裂けるであろう一撃を見

舞った。だが、

ぎぃぃぃ…………ん！

一ミリも入らない。

雷竜の頭部、その薄皮一枚隔てた位置から、一ミリも食い込んでいかないのだ。奴の鱗が固いだけではない。まるで見えない空気の壁に阻まれているかのように、ダリアの大剣は届いていなかった。〝竜〟の纏う魔素が、奴の肉体を守っている。

――竜剛！

身を翻して左首からの噛みつきを躱しながら、ダリアは再確認する。古の〝竜〟、それもある一定以上の『格』を備えたモノは、この星の創造神たる七女神から授かった絶対無敵の防御を備えていることを。

古き書に曰く、『竜剛』……何人たりとも、この者を傷付けること能わず。ただし例外は常に存在する。

その例外を、自分たちは知っている――持っている。

一つはナインの剣術。

もう一つは、魔素を強制的に剥がす魔術武器――リンダの大型弩砲だ。

紅鷹において、三体目の〝竜〟を討伐した際に初めて使用した。目覚めたばかりの火竜に放ち、その竜剛無敵を解除し、ダリアがトドメを刺した。

その有用性は確認済みである。

問題はいかにして当てるかだ。

魔力消費が激しく、連射はできない。撃てても二発が限度で、それでも前回使用した時はリンダが二週間ほど昏倒（こんとう）する羽目になった。

――その事情を、敵（ニール）も恐らく知っているだろう。

襲い来る三つの首による噛みつき、雷電直射、稲妻の嵐を、飛翔魔術による回避とナインから教わった捌き（パリイ）の剣術で躱しながら、ダリアはトールドラゴンと真っ向からやり合っている。

「――閃煌蛇弾（フォトン・バイパー）！」

ダリアのかざした左手から、閃光の弾丸がいくつも発射された。リンダがよく使う魔術矢と似たようなものを籠手（こて）から発射したのだ。複数の魔力光弾が、文字通り『蛇』のようにぎゅぱぱぱぱっと鋭角に曲がりながら標的へ突き進む。

一二ミリ光弾だ。一発一発がトロールを粉砕できるほどの破壊力を持ち、かつてタンミワの船上でバンソロミューの部下たちが死に物狂いで撃った矢を、ダリアは一度に数十発放った。

全弾命中。全弾直撃。だが効果は薄い。否（いな）、まったくない。

――ごおおおぉぉぉぉおおおおおおおん！

――るぅおおおおおおおおおおおおおおん！

――ぎぎきぃぃあああああああああああああっ！

「おおおおおおおおおおおおおおおっ！」

自分の仕事は、リンダが狙撃できる隙を作ること。だがそれを悟られてはいけない。

今はまだ拮抗している。拮抗していられる。だがこちらに無敵貫通の手段がないとわかれば、〝竜〟は何の憂いもなく相打ち狙いの（本来であれば）無謀な攻撃に出るだろう。その状況は避けなければならない。

さも自分が『竜剛』を破る切り札を持っているかのように見せるのだ。回避に徹しつつ、必殺の一撃を狙っているかのように、敵に見せるのだ。

そうすることで、ヴァルムントの意識を逸らす。リンダの狙撃から。

——だが、いつまでもはもたんぞ。

一体の〝竜〟と一人の人間。

二つの強大な力を持った存在が、雪山の上空で激しくぶつかり合う。巨大なヴァルムントの周囲を蜂のようにダリアが飛び回る。ユージンですら、すでに彼女の動きを目で追えない。

だがヴァルムントは、ダリアの動きを完全に捉えている。六つの目が、第六感である魔力探知が、豆粒のような敵の亜音速の飛翔を見逃していない。それどころか、巨体に見合わぬ敏捷さで、首や尻尾、翼についたかぎ爪による物理攻撃で応じてさえいる。周囲に稲妻の雨を降らせながら、当世最強の魔術師を喰らおうとしている。

——速い……っ！

雪山の上空で、巨大な〝竜〟と飛翔しながら戦うダリアは、ギリギリの間合いを保っていた。ユージンの強化魔術(バフ)によって機動力や攻撃力はもちろん、防御力も普段の三倍近く上がっているが、ヴァルムントの口腔から放たれる雷撃——雷電直射をまともに喰らえば即死は免(まぬか)れまい。ほぼ反射神経のみで躱している噛みつきや二本の尻尾による薙(な)ぎ払いも一撃で致命に至る。稲妻の嵐は魔術防御で抑えてはいるが、確実に魔力と体力と集中力を削られている。

「——閃煌蛇弾(フォトン・バイパー)！」

当たっても無駄だとはわかっている。だが撃ち続けることに意味がある。拳闘士が距離を測るためのジャブを打つかのように、魔術光弾を放ち続ける。

全弾命中。全弾直撃。だが効果はない。否、効果はなくとも、意味はある。

——ごおおおぉぉぉおおおおおおおおおおおん！

——るぅおおおおおおおおおおおおおおおおん！

——ぎぎきぃぃあああああああああああああっ！

あざ笑うかのようにヴァルムントが咆哮したかと思えば、左首頭が恐ろしい速度で伸びてきてダリアの全身を狙う。予備動作が見えた時にはもう攻撃が終わっている。丸呑みにするつもりだ。

「っ、ぐっ！」

大剣による防御が何とか間に合った。敵が喰らおうとしてきたのを垂直に立てた大剣でつっかい棒にした。ダリアの足に大木を鋭くしたような牙が触れ、頭上には真っ赤な上顎の内側が見える。

涎が落ちてくる。巨大な舌にまでは竜剛は及ばないのか、大剣の刃が突き刺さっていた。鼻腔に届く匂いは、肉食獣のそれだ。人間を喰らった匂いがする。

「ぐぐっ……！」

〝竜〟が恐ろしい顎の力でダリアを嚙み砕こうとする。しかしこの【花炎】の強度と自分の膂力を舐めてもらっては困る。そう簡単に食われてたまるものか。

舌に大剣が刺さるなら、内部からなら破壊できるのでは――そう考えた直後、〝竜〟の喉奥にスパークが奔った。ほぼ同時に強大な魔力の発動を感知した、発生源は目の前、つまりヴァルムント。

雷電直射。

喰らえば死ぬ。

かすっただけでも危ない。

「くぅ――！」

――ごががががっ！

ギリギリで回避が間に合った。だが左腕が焼け焦げている。ユージンの常時再生魔術が発動しダリアの腕を治しにかかる。しかしマズい。他の首が自分を狙っている。次は躱せる自信が

ない。〝竜〟の目が自分を見て、

『――ダリアくん！』

通信魔術と同時にそれが放たれた。

吹雪の空、真っ白な視界を貫く一条の黒い光線。ダリアとヴァルムントが同時に勘付く。

――魔素分解！

これを当てれば勝てる。

ダリアが身を逸らし弾道を開ける、ヴァルムントが攻撃を中断し回避に移る。

――ぶわぁぁぁああああ……！

黒の弾丸はダリアの横を通り過ぎ、ヴァルムントの中首頭へ向かいそして――首を捻った〝竜〟の真横を掠めて、空の彼方へ飛んでいく。

――外れた。

黒の弾丸が放たれる、三十秒前。

ヴァルムント教総本部。神殿のある雪山――そこから二〇キロ離れた、山脈の頂上で。

攻城兵器である大型弩砲(バリスタ)は、全長一〇メートルを超える巨大な『弓』である。固定式の八脚によって支えられた台座の上に、魔術仕掛けのクロスボウが備えられているその姿は、東洋の土蜘蛛(つちぐも)にも喩(たと)えられる。

クロスボウの、超長距離射撃が可能な長い長い砲身が、くちばしのように標的へ向いていた。

「ふぅー…………」

リンダは長く息を吐く。

地面に伏せて、大型弩砲(バリスタ)に付けられた望遠鏡(スコープ)の情報を、自身が掛けている眼鏡のそれと掛け合わせ、弾道計算が終わるのを静かに、静かに、待っている。

そして、

「ふぅー…………」

その時が訪れた。自らの血で魔術を刻んだ、とっておきの魔術鏃をクロスボウの弾倉にそっと挿入する。鏃を通して、大型弩砲に自身の魔力を注ぎ込めば夢の時間の始まり始まり。ふっ、と気が遠くなるこの瞬間はいつも官能的だ。命が吸われていく感覚が全身を襲う。指先が凍り、眼球が凍り、心臓が止まるイメージが湧き上がる。もちろん幻だ。現実以上に現実感のある幻覚だ。つま先から頂点のてっぺんまで震えが来る。たまらない。自分の命を弾丸に換えて、〝竜〟を撃ち殺すこの快感は、たとえ十億賭けたルーレットだって味わえやしない。

人差し指を舐める。

一発で二週間は寝込む。

二発撃てば三カ月は夢の中。

三発も与えようものなら二度と目を覚まさない。

照準の先でダリアが躍っている。金色の〝竜〟と吹雪の空を踊っている。

――待ってて、今すぐ私も、そっちに行くから。

通信魔術、

『その雷は魔の剛体。竜剛滅死、七つの星は竜を打ち砕かん――』

詠唱を終えた。

もう意識はない。指が自動的に引き金を絞っている。リンダの首ががくりと折れる。五秒間の心肺停止、魔導鎧が電撃魔術による心臓マッサージを行う、失敗、二度目、失敗、三度目、

死亡（おきない）、四度目、

「――はあっ…………！　かはっ！　ごほっ！　はぁっ……はぁっ……死んだ……死んでた……！　あぶな、かった……！」

と息を吹き返した時にはもう、決着はついている。

はずだった。

☆

黒の弾丸は、ダリアの横を通り過ぎ、ヴァルムントの中首頭へ向かいそして――首を捻（ひね）った〝竜〟の真横を過ぎ去って、空の彼方（かなた）へ飛んでいく。

――外れた。

「まだだ！」

ダリアが叫ぶ。ヴァルムントが避けた弾丸が花火のように弾（はじ）け飛ぶ。それは散弾となって〝竜〟の背後を襲った。今度こそ当たる。誰の目にもそう見えただろう。だがヴァルムントは背中に目があるかの如（ごと）く反応を見せ、巨大な翼を素早くたたむと、体長一〇〇メートルを超え

た生物ではありえないほどの俊敏さを見せて緊急浮上、

——るぉおおおおおおおおおおんっ！

躱した。躱してのけた。散弾は一発も、鱗をかすることすらなく散らばっていく。ぎろり、とヴァルムントがダリアを眼下に捉える。睥睨する。見下ろしている。

——愚かなり。

貴様ら人間のいかなる攻撃も、自分には当たらぬ。徹らぬ。通じぬのだ。

ダリアはそれを認めない。認めるはずがない。たとえ「お前たちの負けだ」と言われようと、「誰がどう見てもお前たちの勝ち目はない」と言われようと、それで諦めるようならここまで生き残ってはいない。ここまで登りつめてはいない。そしてまだ、ダリアたちは登り切ってはいないのだ。

高みから己を見下す邪竜王を、イモムシのように小さなダリアが睨み返す。

——言いたいことはそれで終わりか。

「閃煌蛇弾！」

同時に左腕をかざす。先ほどから見せていた射撃魔術。リンダがよく使う魔術矢と似たような、閃光の弾丸。複数の魔力光弾が、文字通り『蛇』のようにぎゅぱぱぱっと鋭角に曲がりながら標的へと突き進む。

悪あがきのはずだった。

いくら一発一発がトロールを粉砕できる威力があろうが、竜剛無敵状態の〝竜〟に通じるはずがなかった。徹るはずがなかった。無駄なあがきのはずだった。狙撃魔術師の黒弾丸を回避した時点で、ヴァルムントは勝利したはずだった。

だがダリアの目は違う。自棄になっていたずらに攻撃を仕掛けている者の目ではない。偶発的ななんらかの奇跡を信じている者の目でもない。彼女の瞳には自信の色があった。言うなればそれは――『勝利を確信した者』の目であった。

ヴァルムントは、やっとそれに気がついた。

気がついた時にはもう、遅かった。

ダリアが放った、ただの魔術弾丸――のようにいいい見える七つの閃光は、『勝利を確信した』ヴァルムントの肉体に直撃し、そして。

――ぎぎぎぎぎああああああああああああああああああああ！！？？

大気が震える。まるで鼓動のように。どぐん、どぐん、と脈を打つ。

「その雷は魔の剛体。竜剛滅死、七つの星は竜を打ち砕かん――」

リンダから託された魔素分解の弾丸をヴァルムントに直撃させたダリアは、静かにその技の名を告げる。

「――素粒剝脆」

トールドラゴンの無敵を、破った。

ヴァルムントが苦悶の声を上げる。身体中の鱗が裏返されるようなこの感覚、激痛、悔恨、屈辱――。数百年ぶりに味わうおぞましき乖離現象――魔素分離。

喉の奥から稲妻と共に悲鳴が吐き出される。激痛を味わいながら〝竜〟は思考する。なぜだ。あの黒い弾丸は、あの散弾は、確かに躱したはず。連射はできないはず。竜剛を持った我が身にはただの魔術弾丸など通じないはず。

なぜ。

一体、どうやって。

――あの時か！

最初の狙撃。黒い弾丸。これみよがしの黒い弾丸！　さも避けてみろと言わんばかりの――。

あの散弾もそうだ。あれもこちらの目を晦ませる囮！

魔素分離の矢は、黒い弾丸ではなかったのだ。

あの弾丸の陰に、すぐ後ろに『本命』が隠されていたに違いない。黒い弾丸を隠れ蓑にして、散弾に目を向けさせているその隙に、赤毛の魔術師はあの籠手で受け取っていたのだ。発動は狙撃魔術師、当てるのは攻撃魔術師と、役割を分担させていたのだ。

そしてその矢を当てるために、あの閃紅のダリアは、通じるはずのない射撃魔術をこれみよがしに撃っていたのだ。閃煌蛇弾ならいくら喰らっても無傷だとこちらに思わせるために。

　最後の一撃を当てるために。

　――小癪な、人間が……！

　肉体が言うことを聞かない。竜剛が剝がされる。無敵が破られる。まずい。いま攻撃を受けてはまずい。首ならば再生できる。翼なら生やすことができる。だがもしも、心臓を潰されたら――核をドラゴンキラーで破壊されたら、二度と復活はできない。死ぬ。この自分が。

〝竜〟の王たる自分が。

　死ぬ。

　死が、
　もうすでに、迫っていた。

　一瞬の思考、永劫のような激痛、そのさなかに、魔術矢を放つと同時に突撃してきたダリアの構えた竜殺大剣が、ヴァルムントの黄金の鱗と赤い筋肉を貫いて、その心臓に突き立てようとしていた。

　あと一ミリだった。

　間に合ったのは奇跡としか言いようがない。

　――きぃやああ

ああ
ああああああああああああああああああああああああああああ!!!

発凶。ヴァルムントの全身が、雷化(らいか)した。

ダリアは自ら(みずか)稲妻の中に突っ込んだ形になった。いくら当世最強の魔術師といえど無事では済むまいと『ニール』は思う。殺しきれはしないだろうが動きを停(と)められればそれで良い。魔素分解の硬直を雷化でやり過ごし、肉体を再生させ反撃に出る。

魔素分解の矢は撃ててもあと一発だろう。あのような小賢(こざか)しい騙(だま)し討ちなど二度と引っかかりはしない。いや、二射目を放つ前に奴ら全員の息の根を止めてやる——。

二度と引っかかりはしない、とニールは思う。

正しかった。

いや正確には——二度目はなかった。

稲妻の中に突っ込んでいたダリアの身体がばらばらと飛び散っていく。第六感と、いち早く再生した右首の眼がそれを見る。不可思議(おかしい)。不可思議(おかしい)。焼け焦げ、燃え尽きることはあろうとも、ばらばらになることなどは有り得ない。我が稲妻はそのような性質(モノ)ではない。

いや正確には——ダリアの身体ではなかった。

ぶわぁぁぁああああ——とばらばらになったカードが、トランプが、魔術式霊札が雪山の上空へ昇っていく。その一枚一枚がジョーカーであり、ダリアの身体を構成していた切り札であ

り、

――……………?

再生した左首の眼が、それを捉えた。遥か下方、雪原の森、木々のてっぺんで、こちらを見上げるその男を。ハットを取って、身長二メートルで、顔には雪よりも白い白粉を塗って、紅鷹よりもギルドよりもバハムート教よりも誰よりも得体が知れない脅威であるがゆえに真っ先に始末したはずの、確かに殺したはずの、その男を。

「イッツ・ショータイム☆」

ピエロが、にたぁり、と笑っていた。

――なぜ生きている⁉

その問いに答える者はいない。

ただ、肉体を復元させたヴァルムントが次に聞くことになるのは、己を殺す者の声だった。

「――『雷化』後は一時的に『竜剛』が解除される。そうだったな、ナインくん」

静かだった。周囲の吹雪が止んでいた。風が、冷気が、雪山の上空にあるはずの寒さが、一切掻き消えていた。

再生した真中の首の眼が、それを見る。

魔力が練り上がっていた。ドラゴンを殺すための魔術大剣――竜殺大剣【花炎】に、触れただけで融解しそうなほど高熱かつ高密度な魔力が収縮されていた。ぶわっ、と広がるのは圧縮された魔力の余波であり、凪も、冷気も、雪山の上空にあるはずの寒さも掻き消えていたのはそのためだった。

ダリアが、大剣を掲げている。

その周囲が、彼女を中心として球状に、真っ赤に燃えるようにして、輝いている。

日輪を背負っている――どころではなかった。

まるでダリアそのものが、太陽となったかのように、輝いていた。

「――再び地上に顕現したこの時代に、この私と、私の仲間と、そして彼がいた己の不運を恨み、」

肉体の再生が間に合わない。竜剛が間に合わない。無敵が間に合わない。

ダリアが吠える。

「塵も残さず消え果てろ！　――祖龍剛撃！」

当代の最強魔術師による渾身の一撃が、無防備を晒すヴァルムントに直接叩き込まれた。

ひとたまりもなかった。

雪山の上空に太陽が生まれたかのような大爆発が巻き起こる。ダリアの大剣が竜の強力な外殻金鱗(がいかくきんりん)をぶち抜いて直接叩き込んだ極大魔力は、赤(あか)い紅(あか)い閃光の柱となって雲を突き抜け天まで昇っていく。

――死ぬ。

閃光によって吹き飛ばされ、吹き飛ばされながら焼かれ、焼かれながら消え果てていくヴァルムントの――ニールの思考が、雪山の遥(はる)か上空に昇っていく。

――滅ぶ。

そう、滅ぶ。再起を夢見て自(みずか)ら眠りにつくのではない。魔術師が命と引き換えに氷に封じるわけでもない。完全に滅ぶ。消えてなくなる。跡形も残ることはない。その身は霧となり、魂は散らばり、ただ一つ残るであろう竜煌石は人間どもによっていいように利用される。

――この我が、滅ぶ。

あるいは、ヴァルムントが完全な状態で復活を遂げていたら、この結果は覆っていたかもしれない。〝竜〟が、ナインとダリア、そして紅鷹の実力を正確に把握し、彼らの寿命が尽きるまで手を出さなければ、あるいはこの大地はヴァルムントのものになっていたかもしれない。

――滅ぶのであれば。

決して逃れられない滅びの運命を、しかし邪竜の王は否定した。否、否定ではなく、受け入れた。否、受け入れたのではなく、先送りにした。古の大戦で敗北しつつも、氷塊の中で何百年も生き永らえたように、可能な限り引き延ばした。

そして、醜くも。

――貴様らも、道連れに……！

滅びの運命に、他者を巻き込んだ。

大陸全土と、ダ、リ、アを。

大陸北部、ルニヴーファ王国。

「え、なに、どうしたの？」

大陸東部、ガテルオ王国。

「あれ？　あいつ、どこ行った？」

大陸東部、ブッツシュリー王国。

「なんだこの——光……？　魔術？」

大陸中央北部、アードランテ王国。

「消えた？　転移魔術……じゃないよな……？」

大陸中央部、ノヴァンノーヴェ王国。

「おい、あの子、急に光になって……」

大陸西部、バルベリオン王国。

「あなた、あなた、帰ってきてぇ！」

大陸西部、ムドール王国。

「ついに……ああ、ついにこの時が……。さようなら、僕の愛しい人……」


いや――アルメニカ大陸全土。

その日、数十名の人間が一斉に消えた。

彼らは、ある者は平民であり、ある者は貴族であり、ある者は商人であり、ある者は兵士であり、ある者は職人であり、ある者は農民であり、ある者は漁師であり、ある者は役人であり、ある者は冒険者であり、ある者は権力者であり、ある者は犯罪者であり、
全員が全員、心に邪悪を抱えていた。

全員が、邪竜王ヴァルムントの、分体であった。

氷結封印を施されるすんぜん寸前で、大陸に散らばらせたヴァルムントの予備分体。全員が『ニール』であり『ヴァルムント』。ただし、記憶や情報の共有は行ってはいない。連鎖的に正体が判明するのを防ぐためだ。能力も個体差がある。ニールほどの力を分け与えられた分体はそれ以外に存在せず、残る分体はすべて平均的な人間と変わらない魔力しか持たない。

しかしその目的は同一。

ただ一つ。

ヴァルムント本体を蘇らせること。

ヴァルムント教団に所属していない者もいる。あるいはバハムート教に入り込み、自身がそうとは知らずに――ついにヴァルムントとしての記憶が蘇ることなく――邪竜王を復活させようと無意識に活動していた者さえいる。己の正体を知らなければ、他者に正体を知られる恐れがないからだ。

その分体たちが、突如として光の柱となり、消え去った。

光柱となった彼らは皆、ある一点へ終結した。

すなわち――ヴァルムント教総本部の神殿。その上空。

ヴァルムント本体が、閃紅のダリアによって滅却された地点へ。

怨念が。

数百年を超えてもなお、大地を焼き尽くそうとする怨念が。

ダリアを包んだ。

☆

邪竜王ヴァルムントの核を破壊した。

ダリアには手応えがあった。〝竜〟はドラゴンキラーで心臓を破壊しなければ何度でも復活する。ゆえにナインのような例外を除き、竜討伐で用いる武器はすべて【竜殺】の名が冠されている得物を使う。

竜殺大剣【花炎】は、己が知る限り、最高の武器だ。

ナインが情報を引き出し、ユージンが援護し、リンダが狙撃し、ピエロッタが惑わせ、そして自分が打ち滅ぼした。

全員で道を作り、全員で討伐した。

そのはずだ。

現に、黄金の三つ首〝竜〟は尻尾の先、翼の先端から霧へと還っていく。跡に残るのは竜煌石のみで、自分たちは勝利したはずである。

なのに、なぜ――嫌な予感がするのか。

胸騒ぎが収まらないのか。

ムゥヘル戦のような失態は犯さない。倒したと思った〝竜〟が反撃に出てくる可能性は考慮している。

しかし予兆はない。

だがしかし、ダリアの第六感は告げている。まだ終わっていないと。

「なんだ……？」

粘りつくような視線を感じる。どこから？　纏わりつくような感覚に捉われる。なにから？

ダリアは頭上を見る。高度五〇〇〇メートルの上空において、なお顔を上げる。

自身が発生させた火柱によって貫かれた雲の先――遠い空を見上げる。

何かが――光が、集まっていた。

そう認識したときにはもう、光は柱となって、ダリアを飲み込んでいた。

☆

『あれはなんだ……？　リンダくん！　そちらからは見えるか!?』

『見えてるよ！　でもわからない！　魔力がまったくない！　眼鏡も望遠鏡もなんにも反応してない！　ただの『光』だよ！　それ以外に言いようがない！』

『だったらなぜダリアくんは応答しないんだ……！　なぜダリアくんの反応が消えているん

だ！』

『私が訊きたいよ!!』

ユージンの魔力探知、リンダの望遠鏡にも、ダリアの魔力は感じ取れなかった。まるでそこにいないかのように、彼女の姿も、魔力も、見えないのだ。

ただ一人を除いて。

「っ、リンダさん…………」

「ナインくん、起き上がっちゃだめだよ！　まだ魔力が全身に行き渡ってないんだから！」

狙撃手の後ろで寝かされていたナインが、半身を起き上がらせる。リンダの忠告を無視して、息も絶え絶えに、確認する。

「あと……、一発……、撃てるん、ですよね…………？」

「……？　何を……？」

ナインは、空を見上げた。

空に浮かぶ光の柱を視た。

その中身を、視た。

「打ち上げてください……。僕を……。その、大型弩砲で……あの、」

あの光の中に、〝竜〟とダリアを視たのだ。

「――空の彼方に」

一条の光が空を昇っていく。

ナインだ。

魔素分解の鏃に使う魔力をブースターにして、リンダはナインを発射した。高度一八〇キロメートルの、雲すら遥か眼下に見える超高空域まで上昇し、光の柱の頂で、彼はようやくそれに囚われている彼女を視た。

——ダリアさんっ！

もはや通信魔術は届かない。大気の魔素が薄すぎて、呼吸すらまともにできないのだ。魔導鎧による魔術防壁がなければあっという間に窒息死か凍死するだろう。

そんな極限環境の中で、生きているものがいる。

光の頂点、それは青い蒼い陽炎となってダリアを捕らえていた。

〝竜〟だ。

光の柱に魔力がないのは当然だった。あれは『陽炎』が伸びた影に過ぎない。鏡に映ったものに実体がないのと同じである。実体は、〝竜〟は、ダリアは、あの陽炎の中に在る。陽炎が姿を変えていく――否、形成していく。

空の彼方、星の向こうを旅する者たち。数多の星々から生まれ、幾千の星々の間を縫い、そして億分の一の確率でこの大地に降り立つ者たち。

彗星であった。


ヴァルムントは、その身を彗星に戻し、再び大陸に降臨するつもりなのだった。

その命を引き換えに。自らの命を彗星に換えて。

種族：飛竜。

種別：雷竜。

個体名称――トールドラゴン・『ヴァルムント』。

黄金の鱗と翼に、二つの尻尾と、三つの首。

いかづちを操る古の邪竜の王。

その正体は、星々を巡る彗星にて生まれた生命体――彗星生物である。

この天体の魔素に触れ、神と人、そのどちらもが最も恐れる存在――邪竜の姿を取ったヴァルムントは、しかし神龍バハムートと聖女の前に敗れ去った。

再び彗星となれば、もう二度と〝竜〟の姿には戻れない。ただ、この身を弾丸として、大地を貫くのみである。その際に己は消滅するだろう。今度こそ完全に消え去るだろう。

だが、もうそれで良い。

分体を掻き集め、元の彗星の五百分の一のサイズにまでようやく戻ることができた。だが十分である。この質量があれば、衝突だけで大地を焼き払うことができよう。

我も滅ぶ。

貴様らも滅べ。

『王』と呼ぶにはあまりにも浅ましい性根――いや、それこそが『王』と呼ばれる所以なのかもしれない。

王が死ねば、国も滅ぶ。

邪竜王が滅ぶとき、大地もまた滅ぶべきだと、ヴァルムントは信じていた。

それを、ナインは知らない。知る由もない。

ただ彼は、陽炎に捕らわれているダリアを救うために、そして〝竜〟を斬るために、ここまでやってきたのだ。

――よもや、ここまで……！

ヴァルムントが意識をナインへ向ける。

――まったく、ひとというものは、思いもよらぬことをする……！

その声が、思考が、ナインには視えた。

——自分以外の何者かに命を捧げるなどという、愚かなことを……！

黒刀はまだ握っている。離してはいない。

——我が肉体と共に、貴様の最も大事な女と、貴様の生きる大地を殺してくれる……！

声も、通信魔術も届かない超高空域で、しかしナインは応えた。

「渡すものか……！」

心の底から思う。

たとえ、自分が彼女に相応しくはなくとも。

たとえ、自分があのひとの幸せにはなれなくとも。

「それでも——お前には決して渡さなさい！」

リンダの射撃は正確で強力だった。内臓が潰れそうになるほどの重力加速度を味わいながら、ギリギリで意識を飛ばさずに陽炎へ到達したナインは黒刀を振るう。

——七星剣武・斬魔。

光すら遠い空の上で、刃が奔った。

「ダリアさんっ！」

「……ナイン、くんっ！」

呪縛を斬った。すれ違いざまに彼女の手を掴む。ダリアは意識を取り戻していた。発射された勢いのまま、一緒になって空の彼方へ飛翔する。取り戻した。ダリアをこの手に取り戻した。二度と離さないとナインは思う。たとえこの身がちぎれようとも、二度と彼女の手を離したりは、

——無駄だ！

ナインの右手首が、ヴァルムントの放った刃——彗星の欠片によって切断された。

その衝撃で、離すまいと誓った左手から、たった今誓ったばかりの左手から、ダリアの手が離れていく。

両手からすべてを失った。なにもかも、失った。

父から授かった黒刀が、自分の手首ごと宙に飛ぶ。

ダリアもまた、魔術大剣を手放してしまっている。

それでも、お互いの声だけは、届いていた。

「ダリアさんっ……！」

「ナインくん！」

魔素の薄い超高空域では肉体の重みすら希薄になる。凄まじい速度で落下しているはずなのに、恐ろしい速度で上昇しているようにすら思える。彗星が自分たちを視た。『勝利を確信し

のかを。

ダリアがナインの黒刀を空中で拾った。防御結界の中で息を吸う。ほとんど無意識だった。

な意味はない。言わなくてもわかるからだ。通じたからだ。お互いが、何をしようとしている

彗星から刃が放たれる。ナインとダリアは目で会話をする。話し合っている暇はない。そん

ここで、先に、死ね。

貴様らに武器はなく、身動きも取れまい。

た』という意志だった。

――七星剣武・斬魔。

赤い髪の魔術師が『剣術』を使った。ナインから習ってもいない、試したこともないような奥義を、しかしこの女は無我夢中で、見様見真似で使ってみせた。天才は何をやらせても天才だからたちが悪い。

煌竜直剣によって伸ばされた魔力刃は、彗星の欠片どころか本体まで届き、ヴァルムントを一刀両断にする。

彗星は驚愕の意識を発した。

だがまだ終わりではない。二つに割っただけでは結果は変わらない。

それを——ナインはわかっている。

その左手に、ダリアの手から離れた竜殺大剣【花炎(かえん)】を握った剣士は、とっておきの切り札をまだ二秒も残しているのだ。

彼の影へ転移した黒猫が、再び真っ黒いオーラとなって、ナインに纏(まと)わりついた。

——『玖秒の王撃(ナインカウント・ストライク)』。

それは、九秒間だけ爆発的に魔力を引き上げる秘術。

かつて『無能』と蔑(さげす)まれた少年の手の内で、竜殺大剣に刻まれた『最強』の魔術が起動する。

使用者の膨大(ぼうだい)な魔力を燃料(エネルギー)に換え、その銘(めい)に相応しい火炎を花のように咲かせ、大地に降り注ぐありとあらゆる邪悪を滅ぼすべくその真価を発揮する。

黒いオーラに包まれた少年の身体が、赤(あか)い紅(あか)い太陽の如(ごと)く輝いた。

残り一秒。

——父を！

彗星が発凶する。あの炎はマズい。大気圏突入時の断熱圧縮すら凌駕(りょうが)する熱量を持った、あの炎はマズい！

——殺すつもりか、ヴァルザック！

躊躇(ちゅうちょ)なく答える。

——お前なんか父親じゃない!!

大剣を振り上げる。高く、高く、星の彼方に届くように高く、振りかざす。

——僕の父さんはマコト・アッシュウィーザ、母さんはカナデ・アッシュウィーザ、妹はリラとエヌ！

隣で戦うこのひとのように、

——僕の家族は、紅鷹(くおう)だ!!

自分は、〝竜〟を斬る。


「——祖龍咆煌(バハムート・ノヴァ)!!」


振り下ろした竜殺大剣から、祖龍の咆哮(ほうこう)を模した極大超熱光線が放たれた。

それは彗星を直撃し、飲み込み、端から削り取っては、焼き尽くしていく。

——ごおおああっ！　ごがぎぎぎっ……！

半分になり、さらに半分になり、しかしそれでも——彗星は健在だった。

残り、ゼロ秒。

ナインの魔力が掻き消える。大剣の光線が掻き消える。彗星が生き延びる——その前に。

「——その通りだ！」

飛翔したダリアが、後ろからナインを抱きしめた。その手を握り、ともに大剣を握り、そして魔力を注ぎ込む。今こそ引導を渡すとき。二人は同時に息を吸い、力の限りに咆哮した。

「塵(ちり)も残さず消え果てろ！　邪竜王!!」

――るぅおおおおおおおおおおおおおおおおおおおおおおおおおおおお………んっ………！

雲の上、空の中、星の下。
一条の光が、天に向かって放たれた。
大地を焼くはずだった彗星は、断末魔(だんまつま)の叫びを上げて――星の彼方に消え去った。

雲の上、空の中、星の下。

ナインとダリアは、抱き合ったまま、宙を漂っていた。

ダリアの魔導鎧（よろい）による魔術結界が張られている。ナインは彼女に抱きついて離れないように、あるいは彼女がナインを抱きしめて離さないように、二人はぴったりとくっついていた。

そうしないと、死んでしまうから。

比喩（ひゆ）ではなく、本当に。

ここには、完全に魔素（マナ）がない。空気がない。酸素がない。ダリアが結界を張っていなければ、すぐに息絶えてしまう。そうでなくても、ナインは『玖秒の王撃（ナインカウント・ストライク）』の全開使用で虫の息だ。

二人で『祖龍咆煌（バハムート・ノヴァ）』を放った反動で、ナインとダリアの身体はさらに上昇した。星の引力は彼らを引き留めきれなかったのだ。もともと、重力圏のギリギリで戦っていたこともあるが、その事実を二人は知らない。

ただ——もう戻れないということだけは、知っている。

大地が、大陸が、徐々に小さく、離れていく。

ナインの魔力はもうない。

ダリアの魔力もまた、残り少ない。

地上に戻るために使用した途端、結界が消えて死ぬだろう。

二人は残された時間を、星を眺めて過ごすことに決めたのだ。


その場所には、彼ら二人の他には誰もいない。

彼らが頂点だ。

今まで登ってきた道のり、眼下に望める広大な大地、その向こうにあるセカイの全てが見渡せる。

雲の上、空の中、星の下。きっと誰もが彼らを見上げ、しかし彼らは戦友と笑い、お互いの健闘を称(たた)え合う。

そうして、星々を見渡す。

誰も登ってこられない場所、誰も辿(たど)り着けない星の彼方(かなた)——それが、ここだ。

二人は、やってきたのだ。

二人が初めて出会った夜に交わした、あの約束通りに。

　ダリアが微笑む。

「星の彼方だね、ナインくん」

　ナインが頷いた。

「はい。とても——綺麗です」

　彼女を見て、心底からそう告げる。星の光に照らされたダリアの赤い髪が、その瞳が、その美貌が、虚空の闇の中で、燦々と輝いているようだった。

　あのね、とダリアが言う。彼女の瞳がきらめいたように見えた。

「あなたが好き。ナインくん」

　あまりにもあっさりと言うので、ナインは聞き間違いかと思う。

「……え？」

　ダリアは、ナインの両頬をそっと包んで、彼の瞳を見た。

　そうして繰り返す。今まで言えなかったことを。ようやく。やっと。本当にようやく。

「あなたが好き。あなたを愛してる。あなたと一緒に死ねるなら、私は何も怖くない」

「でも——ダリアさんは、貴族のひとと結婚するんじゃ……」

　彼女は困ったように笑って、

「ううん、違うんだ。断ろうと思ってたんだよ。きみが好きだから」

「でも——僕は、邪竜王の息子で、」

「あははっ、もう、そんなのどうだっていいよ」

少女みたいに笑って、それからうーん、と考え直して、

「もう、じゃないな。最初から気にしてない。どうだって良かったんだ。きみが誰の息子で、私がどこの娘かなんて。……ごめんね、私が臆病なせいで、こんなぎりぎりになっちゃった」

「いえ、いえ……そんな……！　え、でも、じゃあ……」

信じられないといった顔で、ナインはダリアを見た。

「ダリアさんは、本当に……？　僕の、ことを……？」

それには答えてくれなかった。

ただその代わりに、ダリアの顔が近づいてきた。目をつぶる暇(ひま)も余裕もなかった。気がつけば、視界の端に彼女の赤い髪と、目をつぶった彼女の瞼(まぶた)があった。息を止めていたのは偶然だと思う。

唇に、信じられないほど柔らかくて、温かくて、優しい感触があった。

ダリアの顔がゆっくりと離れていく。彼女が少し――いやかなり恥ずかしそうにはにかむのを見て、それでやっと実感が湧いた。

ナインはダリアに唇を奪われた。

キスをした。

キスをされた。

呆然とするナインを見て、ダリアは「初めてだから下手だったかも」と年端もいかない女の子みたいなことを言って、そして、

「きみが好き。きみが一番好き。きみが世界で一番大好き。――あいしてる」

ああ、とナインの目から涙が一粒、玉となって宙を漂った。

こんな幸せなことが、あっていいのか。

ああ、ああ――。

涙が、とめどなく溢れてくる。視界が滲んで何も見えない。もっとこのひとの顔を見ていたいのに。もっと近くで見たいのに。こんなことは初めてだ。魔術でさえ視える自分が、目の前にいるこのひとの顔を見れないなんて。ああ、こんなこと、あっていいのだろうか。

だから見逃した。ダリアが目に涙を浮かべて、まだ少しおっかなびっくりに、まだちょっとだけその表情に臆病さを残していたのを。

でも声は聞こえた。

迷いの吹っ切れた声。決して怖くないわけでもなく、迷わなかったわけでもなく、勇気を出して振り絞った声。

そんな声で、ダリアはこう訊いてきたのだ。

「……ナインくんは？　私のこと、好き……ですか？」

まだ残っている左手で涙を拭いながら、ナインは頷いた。

「はい……はい……！　僕も、僕も……！」

　繰り返すナインを見て、ダリアは思う。きれい。短い黒髪が跳ねて、潤んだ瞳が覗く。瞳の奥まで黒かった。とても綺麗。このひとを、ずっと自分のものにしたい。このひとと、ずっと生きていたい。

「僕も、ダリアさんが、好きです……！」

　黒猫の剣士に、閃紅のダリアは、心を奪われたのだ。

黒猫の剣士と、閃紅の魔術師を視る、残滓が在った。

それは祖龍の炎に焼かれてもなお健在で、絶対真空の海を漂いながら、己をこのような目に遭わせた二人の人間に憎悪を燃やしていた。

ヴァルムントでは、もはやない。

強いて言うならば、ニールの遺志が、魂が、千切れ飛んだ〝竜〟の肉片に宿ったまま、彼らを凝視していた。


………………………！


すでに言葉は発せない。音を発する器官自体がない。

あるのは本能のごとき執念だけ。

我が、息子……！

鼠のような小さな肉塊になってもまだ、生き永らえるその怨念を――。

――ちゃんちゃらおかしいわね。

猫が、その前足で踏みつけた。

剣士の影に出現できるのであれば、なるほど、この絶対真空の海は、すべて彼の影とも言える。

——あんたは、最初から間違ってたのよ。あんたは、あの子を捨てた。

使い魔、ふぜいが、なにを……！

猫は、ふすっ、と鼻で笑う。

——斬魔の剣を習得するほどの才能があると思わなかった？　魔力しか見てなかったですって？

我が眷属でありながら、魔力を持たぬ無能だ！

だが——ああ、だが！　奴は七星剣武を身につけていた！　そこは認めよう。奴は『無能』ではあったが、『剣術』の才能は持っていた。

魔術の才能はなかったが、剣術の天才であったと。認めよう。

しかし——猫はまたも、鼻を鳴らした。

——笑わせるわ。

と。

——あの子には剣術の才能なんか『ない』。血が滲むほどの努力をして、やっとのことで身につけた七星剣武なのよ。本当の親に捨てられたあの子が、新しい家族に今度こそ捨てられないために。

あり得ぬ。

あり得ぬ。

あり得ぬ！

──あの子の代わりに私が言ってやるわ。あの子は自分の居場所を得た。血の滲むような努力の果てに、自分の手で勝ち取ったのよ。だからね──今さら戻ってこいなんて言われても「もう遅い」のよ。

馬鹿な。

馬鹿な。

馬鹿な！

──消えなさい、竜の王。あんたには、最期の言葉を遺す権利すら与えない。

そう告げて。

猫は前足を無造作に踏み抜く。肉球に、その爪に、小さな黒い染みができて、すぐに消え去った。

──そういえば、答えてなかったわね。

ひらりとなめらかに体を翻し、猫はゆっくりと虚空の海を歩いていく。足場などないはずの宙の上を、優雅に、華麗に、気品のある、高貴な生まれであるかのように。

——猫には、〝竜〟が鼠に視えるのよ。赤毛さん。

魔力切れを起こして気を失った二人のもとへ、絶対真空の影よりも暗い黒猫が、辿り着いた。

少年の額にぺろっと最後のキスをして。

——悪くない日々だったわ。

少女の額にぺたりと肉球のスタンプを捺して。

——ナインを、お願いね。

エヌは最後の魔力で、二人を地上に帰したのだった。

「明けましておめでとおおおおおおおおおおお!!!」
「Happy New Yeeeeeeeeeeear!!!」

リンダが叫ぶ。
ピエロが騒ぐ。
ノヴァンノーヴェ王国・ユージンの屋敷。
邪竜王を滅ぼしてから、半年が過ぎた。
今日は、新年の始まりだった。

ナオが木っ端微塵に粉砕した寝室はどう考えても修復不可能だったので、あそこは倉庫にして、別棟を建てた。愛の巣である。二人だけの、二人による、二人のためのベッドルームであった。完全に『離れ』であるため、いくら音を立てても響かないのが良い。なお、工事の最中に見つけたトランプは一枚も見逃さずにユージンが処分し、見つけられた数だけピエロッタの痣が増えていった。

そのおかげで、ユージンとナオとの関係の方は見事に修復された。というかもともと壊れちゃあいなかった。ああいう状況になったとき、ユージンは迷いなく冒険を優先すると知っていたし、そういう彼をこそ好きになったのだから。

……というノロケを、ユージンとナオの二人から交互にサシで聞かされたリンダは若干けっこうかなりうんざりしている。おかげでワインが進むこと進むこと。

リンダは大型弩砲を二発撃った影響で地味に死にかけていて、それから三カ月くらい目を覚まさなかった。

目覚めた直後の開口一番が、ナインとダリアを見て「……もう抱いたの？」だったのが彼女らしくてダリアは心の底から安心した。その問いにはついに答えなかった。

ベッドから起き上がれるようになってからは、相も変わらず適当に仕事をこなしては稼ぎ、精力的にカジノへ赴いては負けて、「違うの、預けてるだけだから、いずれ返してもらうから」と強気の姿勢を崩さない。

ジョバンニ氏とちょっとイイ仲になりかけてなかったか、というダリアの質問に「はぁ～～～～～～～～～～」とクソデカため息をついて、「最終回発情期とかそういうのはないの」と意れることにする。

味不明な発言をした。『邪竜討伐依頼(ドラゴン・クエスト)』はあるけどね、とかなり危ない発言もしていたのは忘

ピエロッタは久しぶりに母ちゃんの顔を見に故郷へ帰った。そしてバジルソースがたっぷりかかったマルゲリータを焼いてもらった。父親のことは、何一つとして伝えなかった。その正体も、そいつが滅んだことも。

「かあちゃーん！　ただいまぁぁぁぁ！　かあちゃ――――ん！」

「うるさい子だねぇいくつになっても。おかえり、ピエトロ。あらお友達も！　よく来たねえ！」

ちなみに母ちゃんの名前(フルネーム)はマルゲリータ・ロカテッリという。一緒についていったナインを、

「『母ちゃんはマルゲリータって名前じゃない』って言った？　俺ちゃんが？　ウッソだー！覚えてまっせーん！☆」

と煙(けむ)に巻いた。からかった、とも言う。

ナインは、ダリアの部屋によく行くようになった。

半年前までは女性の部屋に入ることなんてほとんどなかった。会うときはギルドの訓練場かダンジョンか訓練に使う草原だったからだ。

リンダの発言に、二人して耳まで真っ赤にしていた様子から、あまり進展はしていないように見える。

だが、ダリアのもとには求婚や縁談といった話が一切来なくなった。

ナインが正式に、彼女の婚約者として名乗りを挙げたからである。

ベールディール領の義父(ちち)にも挨拶(あいさつ)に伺(うかが)った。領主は二つ返事でオーケーを出した。なにせ相手は、邪竜王を滅ぼし、邪竜教を解体に追い込んだ、ギルドの大英雄である。大陸最強の女性魔術師の相手として、これ以上の好条件はないだろう。ジョバンニがダメならどうしようと実は胃が痛くなるくらい悩んでいた義父の心配事がひとつ消えたのだった。

ギルド新聞や、肖像画にも、二人揃(そろ)って描かれることが多くなった。もはや大陸公認のカップルだった。黒猫の剣士ナインと、閃紅の魔術師ダリアが、肩を並べて描かれている。

そう、文字通り、肩を並べている。

この半年間で、ナインの身長が二〇センチも伸びたのだ。有り得ない。有り得ない。有り得ない。普通なら。

〝竜〟の血が影響しているだとか、ヴァルムントが滅んだから呪い的なナニカが消えたとか、いろいろと言われてはいるがハッキリしない。ただめちゃくちゃ関節が痛くて、訓練も冒険もぜんぜんできなかったと嘆(なげ)いている。

やっと痛くなくなってきたと思ったら、半年も過ぎていた。

それで気がついたら、ダリアと目線が一緒なのだった。しかもまだ伸びるっぽいのだ。ダリアが、日に日に大きくなっていくナインを胸いっぱいに抱きしめて、「今日はこの高さだった」とニヨニヨしながら自分の肖像画の胸部にこっそり印をつけているのを目撃したが、ナインは「見なかったことにしよう」と踵を返した。

いつかそのうち、ぜったい追い越してやる、と固く決意しながら。

その効果が出たのかは定かでない。

ただ、今日、ついにダリアの身長を追い抜いた。抱きしめられる側から抱きしめる側になったと言えよう。おめでとう。ナインの顎に、ダリアの額が当たって、二人とも黙って感動しながら「ふぉおおおおおおおお」と興奮していたのはお互いに秘密である。

ダリアはますます奇麗に、そして強くなっていた。

よくドレスを着るようになった。これまでの『自分の身体に合いさえすればいい』という注文以上にこだわりを持ったものをたくさん誂えさせ、ノヴァンノーヴェの服飾業界が潤った。

ギルドに七星剣武の道場を開いた。玖秒の王撃の多用と成長痛でまともに動けないナインの代わりに修練場を建てたり、煩雑な事務作業をユージンに丸投げしたりした。残念ながら『七星剣武・斬魔』はあれ以来一度も成功していないが。

そうそう、ナインの右手だが、目が覚めたらくっついていた。彼女が治してくれたのかもしれないと、ナインは思う。自分たちを雪山に置いて、そのままどこかへ去ってしまった、彼女が。

今日は、終わりと始まりの日。

何かが終わって、何かが始まる、そんな日。

誰かと別れて、誰かと出会う——そんな日だ。

ユージンの屋敷で、ピエロッタを含む紅鷹——家族のみんなと過ごす新年は、とても幸せだった。

でも、寂しい。

いつも一緒にいた妹が、どこにもいないから。

いつもみたいにフードから出てきたり。

いつもみたいに後ろの影から出てきたり。

そういうことがなくなって、半年が過ぎてしまった。

あの戦いから半年が経過した今でも、道端でたまに振り返っては、自分の影を眺めることがある。それから少し彼女のことを思い出して、顔を上げる。

右手を握ってくれるダリアと一緒に、さらに高みを目指すため。

邪竜王を一体滅ぼしたところで、大陸はいまだモンスターや〝竜〟の脅威に晒されている。

危険エリアはこの半年間、減っていない。むしろヴァルムントがいなくなったことで安定を欠いたのか、モンスターや〝竜〟の蠢動が活発化する地方もあるくらいだ。

紅鷹は、自分たちは、これからも前へ進む。

星の彼方を目指す。

もしまた、本当に『星の彼方』へ行く羽目になったとしても、怖くはない。

なぜならその場所には、きっと彼女が待ってるから。

そうして、こう鳴くのだろう。彼女らしい、高飛車で、傲慢そうで、でもとても高貴な声と仕草で。


「んなぷぐす」

☆

☆

一夜明けて、新しい年の、最初の朝。

ユージンの屋敷で夜通し騒いで、日が昇るまで笑って、そうしてナインは自宅に戻った。ダリアとはまたお昼に会う約束をしている。二人だけで。

その前に少し寝ておこうとベッドに潜り込んだ。

とろけるように眠りにつき、夢うつつのなかで——なにか違和感がある。

何かが布団の中にいる。胸の上に乗っかっている。ふわふわして、独特ないい匂いがして、重たくて、温かくて、ちょっと邪魔なやつが。

「………おかえり、エヌ」

「にゃふんぷす」

あなたがあまりにも寂しそうだから帰ってきてあげたわ——という意味の鳴き声を上げて、エヌはナインの胸にごしごしと額をつけた。改めて匂いをつけるように。

「ちょっと小さくなった?」

「みゃふにゃあ……」

あんたがデカくなり過ぎたのよ……。

「そっかぁ」

目じりに涙をためたまま、少し白髪の混じった黒い毛だまを抱きしめて、ナインはもうひと眠りしようと思った。

「にゃあふ」

黒猫が鬱陶しそうに身じろぎする。でも、少年から離れようとはしなかった。

今日は良い日だ。

とても、良い日だ。

あとがき

こんにちは、お久しぶりです。妹尾尻尾(せのおしっぽ)です。またお会いできて光栄です。

今回はあとがきのページを長く頂けるということなので、設定周りや、ウェブ連載時のお話などをやや多めにお話(はなし)していこうと思います。最後までお付き合い頂けましたらこれ幸い。

☆完結について。

すでに本文をお読みの方はお察しのことと思いますが、『黒猫の剣士』はこの巻で完結となります。『彗星』のように駆け抜けたナインとダリアの活躍をお楽しみ頂けたなら、これに勝る喜びはありません。

作者的にも『綺麗に完結できて良かったなぁ』といった気持ちです。「もう遅い」という、令和初期において『旬』なワードが、立場が違う三名のキャラによって発言・回収されたところも我ながら気に入っています。自画自賛です。

☆最終回について。

本作は、小説投稿サイト「小説家になろう」様および「カクヨム」様にて2020年11月20日に連載を開始した『黒猫の剣士　～魔術を斬る剣術でパーティに貢献してたけど、魔力ゼロで『無能』扱い。我慢の限界で辞めてみたら、S級パーティに即スカウトされました。彼らと頂点を目指すので、今さら謝られても「もう遅い」です～』を、改稿・改題し、書籍化したものとなります。

右記ウェブサイトでは、最終回の更新を2021年の元旦に致しました。本編の最終話が新年の出来事なのは、リアルタイムとリンクしていたからです。執筆当時は「まあ遅くてもクリスマスまでには完結できるだろー」と思ってたんですがぜんぜん終わらず、大晦日までかかってしまいました。ちなみにピエロッタが「リア充爆発しろ☆」とか言っていたのは12／24の投稿分です。でもユージンは結婚できて良かった。本当に。

リンダとピエロッタは本当に使いやすいキャラで、執筆中にかなり助けられました。

その二人が、『2021／1／1　0：00』に投稿した最終話で、新年のあいさつを代弁してくれました。最高の『物語の終わり』かつ、最高の『新年の始まり』でした。

『リアルタイムと連動』というウェブならではの試みは、普段、執筆から刊行まで間がある小説家にとって、非常に面白い体験でした。楽しかったなー！

☆「剣術です！」――『七星剣武（しちせいけんぶ）』について

初出は、著者のデビュー作（第6回講談社ライトノベル新人賞・優秀賞作品）『ディヴィジョン・マニューバ　―英雄転生―』。最低魔力だけど剣術で無双する（どこかで聞いたことがあるような）SF小説です。

それというのも、『ディヴィジョン・マニューバ』は本作の元ネタというか、本作は『異世界版ディヴィジョン・マニューバ』を合い言葉に始めました。

猫は出てこないし、メカものだし、微妙にエッチな描写もあるんですが、『熱いバトル』と『ラブコメ』はがっつりあるので、『黒猫』のその辺りがお好きな方はきっと楽しめると思います。ご興味がございましたらぜひお読み頂ければ望外の幸せです。あっちのナインは人生を達観しすぎだし、あっちのダリアは覚悟が決まりすぎているのですが、出自も世界観も違うので仕方ない。以上、他社作品の宣伝でした。

なお、同時に受賞した（第5回集英社ライトノベル新人賞・特別賞作品）『終末の魔女ですけどお兄ちゃんに二回も恋をするのはおかしいですか？』にも『七星剣武』は登場します。どちらも話が繋がっておりますのでぜひ。こちらは集英社様の作品です。同社宣伝。

☆命名由来。だいたいは右記『ディヴィジョン・マニューバ』から。

ナイン……桶川九遠(おけがわくおん)→九→ナイン
ダリア……鈴鹿花火(すずかはなび)――ではなく、赤い花のどれかにしようと思って、ちょうどその時聴いていた『ＸＪＡＰＡＮ』の曲名から。使う武器、竜殺大剣【花炎】に元ネタ（花火）の名残(なごり)が。
リンダ……茂木凛(もてぎりん)→リン→リンダ
ユージン……富士迅道(ふじじんどう)→ジンドー→ユージン
エヌ……ＮＳＲ２５０Ｒ－ＳＥ９２＝ＮＳＲ＝エヌ。性格がめちゃくちゃ変わってますが、名前は一緒。

※書き始めてから『ダリア』と『リンダ』がめちゃくちゃ間違いやすいことに気が付いた。案の定、何度も間違えた。ウェブ読者の皆様、誤字報告ありがとうございました。
※ダリアの大剣のバージョンアップは、花火が使っていた鳥型の遠隔誘導魔術（ファン○ル）にするはずだったんだけど、結局使わなかった。
※ユージン＝迅道は（今回は）絶対に結婚させようと思った。
※リンダ＝凛の恋人はウェブ版『黒猫』の番外編でちょっと登場した。
☆〝竜〟とか。

ドラゴンキラーと竜剛は、拙作『遊び人は賢者に転職できるって知ってました？　～勇者パーティを追放されたLv99道化師、【大賢者】になる～』（集英社ダッシュエックス文庫刊）にも登場します。初出は別のウェブ小説ですが。

『黒猫』に出てきたアースドラゴン、トルネードドラゴン、トールドラゴンの三体は、『遊び人』ではクローンみたいな扱いで登場しています。『黒猫』のあと、「平和な時代になったのは良いんだけど、〝竜〟は眠ってるだけだし、人間を鍛えないとまた人界が滅びかけるのでは？」と考えた神々が、自分たちの遊び場として作ったはずのダンジョンにボスとして放り込んだようです。職業（ジョブ）もまた、数十年～数百年を経て技術として確立され、『遊び人』や『呼吸するだけでレベルアップ』（双葉社モンスター文庫）の世界へ継承されていきます。

『黒猫』から引き継がれる〝竜〟殺しの技術と意志、そして道化師（あそびにん）の便利さ。どちらもお楽しみ頂ければ幸いです。

☆イラストについて。

今回ももちろん石田（いしだ）あきら先生の力作でございます。表紙（カバーイラスト）は、ナインとダリアは第1巻の対比になるように、かつ内容に沿ってダリアには『剣術』の構えを、ラストであるエヌは視線を外すようにしてもらいました。『黒猫の剣士』、その第2巻を一つの枠で完璧に表現してくださった珠玉の一枚です。手元には、「広め」に描いて頂いた画像があるのですが、出版する際はこれを文庫サイズにトリミングしますので、端っこの部分はどうしてもカットされてしまいます。それが残念で仕方ありません。額縁に入れて飾りたい。

石田先生、今回も素晴らしいイラストの数々、ありがとうございました！

☆コミカライズについて。
今巻が出ている頃にはもうコミカライズがスタートしていると思われます。この原稿を書いている合間にも、ネーム・ペン入れ・カラー扉絵のチェックが続々と入ってきておりまして、忙しくも嬉しい毎日です。

そら蒼先生は画力はもちろん、表現力、描写力、演出力が天才的で、原稿が届くのが毎回楽しみで仕方ありません。

今巻をラストまでお読み頂いた方は、トップバナーのカラーイラストを背景までぜひじっくりご覧になってください。ナインとダリアのたどり着いた『星の彼方』が、暗示のように美しく描写されているのがご覧頂けるはずです。

そら蒼先生、素晴らしいイラストと漫画原稿をありがとうございます！

そして読者の皆様、小説は完結しますが、漫画は始まったばかりです。生き生きと躍動するナインとダリア、そしてエヌや紅鷹の面々をぜひ漫画でもご覧くださいませ！

最後に謝辞を。

いつもお世話になっている担当編集の日比生さん、イラスト担当の石田あきら先生、コミカライズ担当のそら蒼先生、コミカライズ編集チームの皆さん、営業さん、出版に関わってくださったすべての方々、「なろう」「カクヨム」の読者様、そしてそして、この本を手に取ってくれた皆様！　本当にありがとうございます！

また別の形でお会いできることを祈っております。それまで皆様、どうぞお元気で。

妹尾尻尾

ダッシュエックス文庫

黒猫の剣士2

～ブラックなパーティを辞めたらS級冒険者にスカウトされました。
今さら「戻ってきて」と言われても「もう遅い」です～

妹尾尻尾

2022年 1 月30日　第1刷発行

★定価はカバーに表示してあります

発行者　瓶子吉久
発行所　株式会社　集英社
〒101-8050　東京都千代田区一ツ橋2-5-10
03(3230)6229(編集)
03(3230)6393(販売／書店専用)　03(3230)6080(読者係)
印刷所　図書印刷株式会社

ISBN978-4-08-631455-8 C0193

原作 妹尾尻尾

漫画 そら蒼

キャラクター原案 石田あきら

2022年 YJC ダッシュエックスコミックス
1月刊 大好評発売中!!
DASH X COMIC INFORMATION
闇堕ち勇者の
最凶復讐劇!
魔王を倒し世界を救ったはずの勇者ラウルは、貴族たちに裏切られ、偽りの罪で処刑された。だが女神の力で復活し、復讐に乗り出した!!
復讐を希う最強勇者は、
こいねが
闇の力で殲滅無双する⑥
[原作] 斧名田マニマニ [漫画] 坂本あきら
[コンテ] 半次 [キャラクター原案] 荒野
慕われ、
報われ続ける
最高の
サクセスライフ!
神が驚くほど善人だった前世のおかげで貴族の息子に転生! 最強の魔力と豊富な知識ですべての期待に秒で応え、光速で立身出世!
善人おっさん、
生まれ変わったら
SSSランク人生が確定した⑤
[原作] 三木なずな [漫画] ゆづましろ [キャラクター原案] 伍長
水曜日はまったりダッシュエックスコミック
ニコニコ漫画にて大好評配信中!!
水曜日はまったりダッシュエックスコミック で検索!